雲棧洞

南天門

沫游记

阿沫 著

敦煌文艺出版社

图书在版编目(CIP)数据

沫游记 / 阿沫著. --兰州 ：敦煌文艺出版社，2023. 12

ISBN 978-7-5468-2443-7

Ⅰ. ①沫… Ⅱ. ①阿… Ⅲ. ①长篇小说-中国-当代 Ⅳ. ①I247. 5

中国国家版本馆 CIP 数据核字(2023)第 202010 号

沫游记
阿沫 著

责任编辑：余　琰
装帧设计：知　腾

敦煌文艺出版社出版、发行
地址：（730030）兰州市城关区曹家巷 1 号新闻出版大厦
邮箱： dunhuangwenyi1958@ 126. com
0931-2131552（编辑部）
0931-8773112 0931-2131387（发行部）

崇阳文昌印务股份有限公司印刷
开本 880 毫米×1230 毫米　1/32　印张 10. 375　插页 5　字数 240 千
2023 年 10 月第 1 版　2023 年 10 月第 1 次印刷
印数 1 ~ 20000 册

ISBN 978-7-5468-2443-7
定价： 69. 80 元

前 言

《沫游记》是一部虚构的原创小说，讲述的是唐三藏、孙悟空、猪八戒、沙僧和小白龙师徒五人到达西天取得真经以后所发生的离奇故事，由此，开启新的传奇。

“佛魔本一体，善恶一念间”。取得真经后，师徒五人又经受了一系列匪夷所思的变故，一向庇佑世人、受世人尊敬的诸神也变得面目全非。

为了解开心中的谜团，寻找真相，他们抱着普度众生的赤诚之心，竭尽全力与各种邪恶势力做斗争，在各方正义力量的加持下，最终驱除了入侵诸神的“魔”，同时也成就了自己，成了真正的佛。

本书引入了众多传说中的神话人物形象，脑洞大开的笔者对这些神话人物进行了全新的演绎，并在本书中赋予了他们新的角色。本书故事情节引人入胜，这些人物不可避免地产生了冲突和矛盾，但正义最终会战胜邪恶。

最后，让《沫游记》与您共赴不一样的西游之旅。尽管夜晚很黑，但黎明更为动人。

目录

CONTENTS

第一篇 唐三藏

第一回
轮回之旅

世人只知唐僧师徒历经九九八十一难取得真经，修成了正果，为天下修士开辟了一条通天大道，但之后在他们身上又发生了什么？

愤怒的他举起金箍棒就要砸过去，却被佛祖一掌拍了回来。

在佛祖如来面前，孙悟空心中带着愤怒和疑惑，大声地质问："你是不是在骗我？"

如来佛祖一反常态，只听他淡淡地说道："泼猴，当初压了你五百年，还不知悔改？"

悟空道："悔改？你告诉我只要经历九九八十一难就能取得真经，但真经在哪里？西天极乐又在哪里？西行本是为了普度众生，可为什么我一路见到的却是你们慈悲为怀之下的丑恶嘴脸？"

这时，一个微弱的声音响起："悟空，回来吧！"

没错，在悟空身后说话的正是唐三藏，此时八戒、沙僧和小白龙将其护在中间，如临大敌，可他们的身影此刻尽显无奈！

看着眼前的师父和师弟，悟空愤怒到了极点。

"我齐天大圣自小野惯了，绝对受不了这气，如来，吃俺老孙一棒！"

说完，悟空就直接冲了上去。

随着耀眼的金光一闪而过，唐僧看到了永远都不会忘记的一幕：悟空带着最后的倔强灰飞烟灭，八戒与沙僧紧随其后，只有小白龙还在拼死一搏。

唐僧此刻心如死灰，万念俱灭，心想：

“你让我西行我做了，让我陪你演戏我演了，而如今你又逼死我们师徒，早晚有一天，我唐三藏定将这三界掀个天翻地覆。”

这时候，佛祖巨大的手掌已经抵达面前，随着一句“世间将再无唐三藏！”这段过往也终将烟消云散。

可谁能想到，一千年的沧海桑田并没能完全抹去他们存在过的痕迹。

这不，唐三藏竟然在一颗小小的舍利中获得了新生！

第二回

一线生机

如来佛祖为何执意要让金蝉子被吃掉九次之后，才可继续西行？

为何孙悟空的出生之地就在道家的水帘洞——洞天福地之侧，而这福地竟然还巧合地连接着东海龙宫，难道他早就是一盘棋局的一枚棋子？

唐三藏一路西行，越是往西，他们就越心惊：天庭在哪儿？佛祖又在哪儿？

道家三清的一举一动更是充满了疑问：菩提老祖为何只教猴子法术却不教其做人？太上老君为何将悟空扔进八卦炉之前，还要先解开其身上的绳索、勾刀等神器？

这一切的一切存在着太多的疑问。或许大家都没想明白，包括此刻还跪在地上的唐三藏。

面对如来佛祖巨大的手掌，他知道自己即将灰飞烟灭，在这生命最后的时刻，他知道，这一切疑问必然有一定的联系。

随着一声巨响，师徒四人烟消云散，就好像从来没有出现过一样。

而在半空中一直拼死反抗的小白龙，眼看着师父和师兄殒命于此，他彻底愤怒了：

“如来！你灭我师门，毁我道行！灵山脚下狮驼岭八百里惨案尸横遍野，你只是收服了那些作恶的妖怪；而我不过是为了果腹，吞了一匹凡马，你就让我做了畜生！你凭什么，凭什么？”

这一句质问，小白龙把憋在心里诸多的愤恨都发泄了出来。事已至此，他还有什么可以顾及的？但等待着他的并不是回答，而是同样悲惨的结局。

当金光完全笼罩住他的身体时，他引以为傲的龙鳞与血肉逐渐消散，只留下一堆龙骨散落在石台上，而那双已经空洞的眼睛就那么朝着东方望着，在不甘的背后似乎也在等待着什么。

随着灵山这起突如其来的变故，整个三界都风起云涌，而动静闹得最大的地方，便是阴曹地府！

只见十殿阎罗同时看向轮回往生处，身体不停地颤抖并呈恭迎之势，而酆都大帝与阴曹的实际掌权人东岳大帝也是双拳紧握，汗如豆珠往下掉。

没错，唐三藏并没有被完全抹除因果，可佛祖的戒罚刚刚降下，放眼三界，谁敢让他进入轮回！

莫说他的三个徒弟，地府一个都惹不起，一想起唐三藏收服猴子那一幕，三界之人谁不颤抖。而且他们还知道一些不为人知的真相：佛道之争，就算是十殿阎罗也只是一枚棋子而已。

可就在这个时候，阎罗殿最深处一双眼睛慢慢地睁开了：

“你师徒四人西行不易，我许你们一线生机！”

第三回
阿修罗道

纵观整个西游，最真实的一面你见过吗？

当年孙悟空大闹天宫的时候，玉皇大帝这个作为盘古开天辟地之后历尽一千七百五十劫的四帝六御之首，竟然被吓得直接趴到了桌子底下。

当初他让一只猴子去看守蟠桃园，当悟空铸成了大错，身边三清皆在，可他却让人直接去喊如来相救。

这一切的一切，都充斥着阴谋的味道！

但此刻，这些似乎都不太重要了，唐三藏师徒四人已烟消云散，白龙马的枯骨最终也成了灵山石阶上的摆设。

在灵山变故之后，大唐仍旧处于盛世，百姓生活安定，建筑宏伟壮观、引人夺目，可谓天下罕见。

唐王却一直闷闷不乐。当初结拜兄弟唐三藏西天取经，一晃多年已过，却迟迟不见其归来，可谓音讯全无。

而近年来，这大唐境内的妖怪不知为何却越来越多了。百姓们常遭大小妖物的侵害，为保全家太平，百姓们开始修建寺庙，一时间兴起了烧香拜佛的风气。

距离主城池不远的一座荒岭处，莫名其妙地冒出来一个森森骨妖，这骷髅非比寻常，其所在方圆几百里的人全被吃了个精光，就连同类妖怪也惨遭其毒手。随着时间的推移，这骷髅的妖气也是越来越大，整个石岭也都笼罩在黑雾之下。

唐王心里很清楚：不久之后，此妖必定欲求不满，必会前来皇城滋扰百姓。但他哪里知道，这个恐怖的骷髅正是当年去西天取经的唐三藏。

原来当初唐僧入了阴曹地府之后，十殿阎罗无一人敢接他往生轮回。违逆佛祖的法旨，他们还不敢。但是“终地狱不空，誓不为佛”的地藏王菩萨在后土娘娘的示意下，给了唐三藏一丝生机，因为担心佛祖会有所洞察，所以直接将唐三藏打入了阿修罗道，让他以妖怪的身份再现世间。

从他诞生那天起，唐三藏所有的记忆全部都被消除，那双空洞的眼睛里也充斥着无尽的怨念，一个怨念所化的妖怪除了杀戮还能干些什么？

由于不具灵识，他一直凭借着本能行事，似乎一直有个声音在呼唤他往西方移动。在这个荒无人烟，就连杂草都不滋生的石岭内，一直有个恐怖的声音不停地在徘徊：

“西天，真经，猴子……”

第四回
赎罪之旅

当唐三藏师徒四人被蒙在鼓里烟消云散之时，这看似一场悲剧的背后却酝酿一场避无可避的赎罪之旅！

不知过了多少年，孙悟空、猪八戒和沙和尚不知所终，生死未卜，而已经沦为一只邪妖的枯骨唐三藏，如同行尸走肉般穿行在荒无人烟的石岭间。

但命运的齿轮终将要转动。

在距离大唐皇城五百里的一片枯林内，他遇到了一个奇怪的人，此人一身道士装束，但是手里拿着的却是佛家九环锡杖。看着这根锡杖，莫名地觉着有些熟悉，本来就没有灵识的唐三藏愣住了，但下一秒，他妖性大发，一团黑雾瞬间散发了出来。

要知道这些年来被唐三藏吃掉的人或妖不计其数。只见那道士突然伸出右手一指，唐三藏那已经散发出来的黑雾瞬间消散。

不等唐三藏作出反应，那道士就猛地上前一指点在了他眉心处。瞬间，唐三藏那双空洞的眼睛里就亮起了灵识之光，前世的诸多记忆也全在其脑海中疯狂地浮现，其中还掺杂着他从未见过的人间百态。

他头痛欲裂，歇斯底里地喊着："我是谁？我到底是谁！"

可当他抬起头去看那道人时，他惊住了：此人和他一样，竟也是一具森森白骨。

只听对方慢慢地说道："我是未来的你，可你未必会是未来的我！我愿赌上一切，只希望你能为这众生去争一个真相。"说完之后，这道人慢慢消散，只留下那锡杖掉落在地上。

而唐三藏在记忆中看到了自己曾经走过的每一个地方都还在饱受磨难，妖魔鬼怪不停地出现。

他心中充满疑问："为何会这样，这世间的妖怪为何还这么多？"

只见他缓缓站起了身，仰头直视西方，怒吼道：

"这该普度的从来都不是芸芸众生，而是你们！我要葬了这天，葬了这地，葬了这漫天的神佛，我就是唐三'葬'！"

第五回
大圣归来

当年，齐天大圣孙悟空被安排看守蟠桃园，哪知道自己吃过的每一颗桃、喝的每一口水全都是穿肠毒药，这才被迫走上了被人安排好的寻求长生之路。

即便他被无限地削弱，仍旧不是佛祖随便就能彻底抹杀的。

灵山之上，师徒四人惨遭欺骗，孙悟空被佛祖一掌打回了原形，坠落到了凡间。一颗毫不起眼的圆形石头从天而降，根本就没有引起任何人的注意，可在九九八十一天之后，这颗石头突然就爆发出刺眼的七色光芒。

齐天大圣终于再次归来！

在他返璞归真进入空灵状态的八十一天里，这个一直天不怕地不怕的热血妖王终于将一切都看了个通透。

当初护送唐三藏前往西天，说好的就是走个过场而已，但戏演完了，还是没逃过上位者的诛杀！为什么？还不是为了杀人灭口。

芸芸众生全都被蒙在鼓里，自人族最后一位人皇帝辛陨落之后，无数势力一直疯狂布局，蚕食人族气运。

而他自己一路西行，不停地为灵山和天庭加固在人们心中的地位，每成功一次便也被夺走一次气运。这也是为什么他只觉得越是往西，这妖怪就越强的原因。实际上，是他自己变弱了而已，看来这九九八十一难之后并非修成正果，而是万劫不复。

此刻这个大闹天宫的猴子忽然感觉有点累了：师父和两个师弟下落不明、生死未卜，自己也成了强者们的一枚弃子。

就在这一瞬间，他想家了，想再回去看一看自己的猴子猴孙和满是桃子的花果山。但他没有想到的是，回去之后，等待着他的不是满山叽叽喳喳欢呼的猴群，而是无比凄惨的炼狱景象：

山涧溪水染成了红色，树上挂着的也不是桃子，而是不计其数早被风干的猴子猴孙们，就连“水帘洞”三个大字也都被改成了“水猿洞”。

不可置信地看着眼前的一切，孙悟空愤怒到了极致：“这是谁干的？出来，你给我出来！”

只见洞口内一个巨大的身影缓缓而出，淡淡地说道：“是谁敢在本大圣的地盘叫嚣？”

随着此妖的出现，在这花果山水帘洞洞天福地之处，一场恶战一触即发。

第六回
斗战之心

齐天大圣孙悟空一路护送唐僧西行，历经魑魅魍魉无数，可这些妖魔从哪里来的呢？

唐三藏前往西天取经之前，东土大唐还不曾有神佛庇佑。那泾河龙王只随意更改一次下雨的时辰，就被斩去了头颅；而那狮驼岭三大魔王一口吞了灵山庇护之下的狮驼国一国之人，最终都能安然无恙，难道这就是极乐吗？

这一切或许是真的很难让人接受，而真相甚至差点熄灭了孙悟空心中的那撮斗战之火。可谁能想得到，花果山的炼狱景象终是成了压垮他的最后一根稻草。

看着自己的猴子猴孙的骸骨铺满了整个花果山，齐天大圣被刺激得几近疯狂！

这个时候，一只神秘大妖从水帘洞洞口里走了出来。只见其形似猿猴，凸额头，鼻梁塌陷，脖子竟长达百尺，还同样有着一双火眼金睛。

此妖不是别人，正是上古巨妖无支祁，也叫水猿大圣。因其上古血脉纯粹，实力绝对在混世四猴之上！就算是巅峰时期的孙悟空也无法与之对抗。当年大禹治水，全是因他而起。

据《山海经》记载，此妖善使水术，常在淮水一代兴风作浪，乃是尧舜时期的第一奇妖。而巧合的是，他出生之地也是这东胜神洲花果山！那一年他组织十几万山精水怪在淮源大战禹王，最终被降伏囚禁了起来，可不知为何如今又出现在了此处？

但此刻的孙悟空哪还管得了那么多，愤怒直冲云霄，直接一个闪身就冲了过去。两大妖王瞬间交手，双拳于半空之中狠狠地撞在了一起！

这一拳天摇地动，河水仿佛都在倒流。但让齐天大圣惊讶的是，眼前这妖怪的力量竟不在他之下。眼看着一击不成，大圣立刻施展身外身，一分为二，想要背后突袭。却被对方提前看穿，原地召唤出两条淮水恶龙直接将其逼退！

孙悟空知道此一战绝不会善了，于是立刻就要唤出如意金箍棒。可下一秒他惊住了，因为他发现这心随意动的金箍棒竟与他断了联系。怎么会这样？这怎么可能？

没错，此刻的他失去了金箍棒对他的认可。

这如意金箍棒重一万三千五百斤，对应着人们一昼夜的一万三千五百息，它心随意动，可以称得上是执棒人身体的一部分。可现在的齐天大圣被佛祖拍落凡间之后，斗火熄灭战心动摇，已经失去了使用这金箍棒的资格。

而就在悟空原地愣住的几秒钟，水猿大圣却动了！等悟空反应过来时，对方那硕大的拳头已经到了面前。仓促之下，他举起了左臂试图阻挡，可随着一声惨叫！孙悟空的左臂竟然直接被怼飞了出去。自他出生以后，哪受到过此等伤害！那鲜血瞬间就染红了他一身的猴毛。

而那水猿大圣随后嘲讽道：“齐天大圣，不过如此！没有了定海神针的你不过就是条丧家之犬。当年你大闹天宫，面对十万天兵天将，不会真的以为人家打不过你吧？今天我占了你的水帘洞，那是给你面子。说起来，你的那些猴子猴孙们还真的是非常美味！”

说完之后，水猿大圣右手一挥，水帘洞里一只无辜的小猴子直接落入其手中，而这妖怪顺势往自己的嘴里一送，就当着孙悟空的面吃了起来！可也就是这一幕，彻底激活了孙悟空的斗战之火：

“杀人偿命，血债血偿！我管你背后是谁，今天你必须死在这儿！如意金箍棒，给我来，给我来……”

只见此时上方天空突然火云密布，一根巨大的擎天柱真就降临了此处。齐天大圣血红着双眼撑着残破的身躯，右手紧握金箍棒慢慢说道：

“这天下从来就容不下二王，今天谁赢了，谁就是英雄！”

第七回
水猿大圣

当年孙悟空将十万天兵天将打得是鸡飞狗跳，可你们真的以为人家当时打不过他吗？

在玉皇大帝与如来佛祖对弈的这盘棋里，如果说天蓬元帅和卷帘大将是两枚明棋的话，这孙悟空就是一枚最具变数的暗棋！

可也就是这枚暗棋，如今惨遭执棋者丢弃，一条左臂更是废在了上古巨妖水猿大圣的手上！

花果山上猴子猴孙们尸横遍野，惨遭灭门，孙悟空也在最后的时刻重燃了斗战之心，这如意金箍棒也终于再次出现在他的手上。

直至此刻，那实力本在孙悟空之上的水猿大圣终于露出了一丝惧色。众所周知，当年大禹治水之时，正是用此神器将水猿大圣彻底封印。这上古巨妖几乎无惧于天下，唯独惧怕此物。可在仔细观看之后，他却笑了。

只见这如意金箍棒满身裂痕，原本金光乍现的“如意金箍棒”五个大字，也只有“如意”二字在发亮。

原来当初在灵山时，悟空得知被佛祖欺骗，忍无可忍便举棒与之硬刚，可他哪是对手，不仅自己被拍落凡间，这定海神针也损坏严重。

一件不完整的神器，水猿大圣根本不放在眼里，还嘲笑道：“你这棒子算是废了，吃了你那么多的猴子猴孙，别说我不告诉你，要想重铸定海神针，你至少要收集融入另外三件神器才行，六耳猕猴的随心铁杆兵、通臂猿猴的擎天白玉柱和赤尻马猴的西海镔铁棍是缺一不可。至于现在，五大金字只亮其二，你说你能打得过我吗，简直可笑！”

可齐天大圣根本不为所动，提着金箍棒直接就蹿了上去。能不能打得过，一试便知！说完之后孙悟空带着满腔的愤怒砸下了过去。

水猿大圣终是错估了对方的实力，金箍棒瞬间将他的双腿打断。眼看着形势剧变，水猿大圣已经无处可逃，他竟然打算调动整个西海，用花果山为他陪葬。

在这关键的时刻，齐天大圣好生了得，右手扔出定海神针，直插花果山正中央。只见那汹涌而来的西海之水在山脚下竟戛然而止，不再向前。

而他本人拖着残躯，张开了满嘴尖牙，直接撕掉水猿大圣一臂。没错，此刻他就是想噬其骨、吞其肉，方能解恨。

水猿大圣在心惊胆寒之下大喊道：“你不能杀我，我是南天门四大天王的人。”

齐天大圣满脸鲜血，咬牙切齿地回他道：“等我先吃了你，再去南天门让那十万天兵天将为我猴子猴孙们陪葬！”

第八回
四大天王

早就看透一切的齐天大圣知道，这个上古巨妖无支祁绝不会如此巧合地来到花果山。

只见他双眼血红，而那水猿大圣不消片刻就被撕掉了四肢。为求保命，水猿大圣拼着最后一口气说出了实情。

原来他是被持国天王安排来到此处的。唐僧师徒四人已经烟消云散，这花果山就算是给他的封赏罢了。

即便他是叱咤风云的上古巨妖，一样得听从人家安排。莫说四大天王，就算是小小的土地爷他也不敢惹！

听完之后，孙悟空笑了："你活得是真不如一条狗啊！别急，我这就带你去见你主子！"

下一秒孙悟空双脚发力，拎着水猿大圣的残躯直入南天门。

看着南天门熟悉的一切，往事历历在目：师父师弟下落不明，猴子猴孙们也没剩几个，还能有什么可以顾及的！

只见齐天大圣将无支祁往地上一扔，手握金箍棒说道："今天不讲公道，老子只要你们的命！"

说完就直冲南天门，也可怜门口那两个天兵还没反应过来就被砸成了泥。

可也就是这一动静，立刻引起了所有天兵天将的注意。没多大工夫，大军集结压制，瞬间就将齐天大圣给围堵了起来。

为首一天将大声喝道："妖猴，你在佛祖那捡回一命已是万幸，不藏起来苟活于世也就罢了，居然还敢来天庭露面，活腻了吧你!"

而大圣此时的愤怒早就直达九霄："老子今天来就没打算活着回去！你们今天都得给我陪葬!"

说完，只见孙悟空手中的金箍棒突然变长，朝着天兵大阵一通乱砸，前排不少人当场毙命。

但就在这个时候，一条赤龙突然蹿了出来，将孙悟空死死地缠住。而在他头顶处，一把巨大的伞缓缓降下，也将他完全罩住。

不错，出现的正是南天门四大天王，此刻只剩一臂的齐天大圣再次面对天庭大军，显得是那么的孤单。

但就在这一时刻，整个南天门突然妖气大增。等大圣回头望去，只见南天门外黑压压一片，这不是当年七十二洞妖王又是谁?

而为首的那六人更是让孙悟空双眼起雾，只听一闷雷之声响彻整个南天门："猴子，今天只要哥还在，我看谁敢动你!"

第三篇

天庭大战

第九回
混世魔王

世人皆知，当年花果山美猴王横空出世，曾与那六大逆天妖王结义为过命的兄弟。可在孙悟空大闹天宫之后，他们到底都去哪里了？

看似风花雪月，好不自在的牛魔王更是一直都活在恐惧之下。他实力强横，不靠法宝便能与齐天大圣分庭抗礼，打得不分上下，绝对算得上是绝世枭雄！而放眼整个三界，又有谁不想收服他作自己的坐骑？

没错，老牛这些年看似太平的日子，那可是用自己儿子换来的。他知道，红孩儿早晚会成为一个筹码，而自己也难逃成为家畜的命运。

在得知猴子并未消散，此刻正大闹南天门之时，他立刻集结妖族大军，率领七十二洞妖王和自家兄弟前来助阵。

多少年了，看着身后无数的兄弟，老牛双眼含泪，他朝着前方被围堵的孙悟空大声喊道："猴子，哥几个就陪你再疯这一回！"

话音一落，混天大圣鹏魔王一马当先，直接飞入天兵大阵。正所谓"天下武功，唯快不破"，在瞬息之间就将孙悟空从万军之中给救了出来。

而移山大圣狮驼王亲率四万妖族大军直入南天门，与无数的天兵天将正面硬刚。因其吃人无数，腹内早就养出了逆天的尸气，当散气而出之后，一时间竟让众天兵进不得他身前半步。

此一战是寒风飒飒，怪雾阵阵，大旱刀，风云掣电；楮白枪，度雾穿云！

放眼望去，南天门全是狼虫虎豹。要放在平时，这些妖怪还真入不了众天兵的眼，可今日变故不断，一时间就被冲乱了阵脚。

眼看事态紧急，多闻天王立刻祭出宝伞，只见这伞无限变大，突然放出强大的吸力，不消片刻，半数妖族大军的兵器全被收了过去；而增长天王手握巨剑，一招力劈之下，上千大妖当场毙命。这天神之怒，岂是凡妖能扛得住的？

眼看着第二剑即将劈下，牛魔王身穿锦绣黄金甲，腰盘三股蛮丝带，张开血盆大口，一声怒喝，直接就镇住了在场所有妖神，就连已经举起巨剑的增长天王都迟疑了片刻。但也就在这片刻之内，牛魔王手持混铁棍，使出七十二变让身体无限变大之后，生生地扛住了对方这一剑。

可此时四大天王还并未展现出真正的实力，要知道这四人当年可是大商朝闻仲闻太师的手下大将，封神之前便已经法术高强。

就在齐天大圣和其余几位兄弟准备出手之时，南天门上空突然响起一狼啸之声，一柄三尖两刃刀直插地面，震退了所有妖族大军。只见一神将突然喝道："泼猴，敢不敢与我再战一次！"

第十回
二郎真君

来人正是二郎神杨戬。

这世人皆知齐天大圣法力通天，身怀大品天仙决、火眼金睛和铜头铁臂不说，更有法天相地和应对天劫的七十二般变化。

但让人匪夷所思的是，这一切竟与二郎神杨戬惊人的相似。

杨戬的八九玄功、通天法眼和肉身成圣相比齐天大圣丝毫不遑多让，而同样的法天相地、七十二般变化和撒豆成兵也让齐天大圣不曾占到半点便宜。

可就是这么一个实力逆天的神将，却只被安排在灌江口做个管水利的小官儿，其地位甚至不如天蓬元帅和卷帘大将，你觉得这正常吗？

没错，他的悲剧从出生那天起就已经注定，因身世问题，半人半神的他在整个天庭体制内就是个笑话。

更悲催的是，当年孙悟空大闹天宫之时，推举杨戬出战的是灵山观音菩萨。这一举动正中玉帝的下怀，他就是想看看这天庭之内到底是谁会和灵山有所牵连。

在种种阴谋之下，二郎神的下场可想而知。

在他得知孙悟空突然大闹南天门，还集结了牛魔王等七十二洞妖王之后，他清楚玉皇大帝必然会调遣托塔天王李靖率天兵天将前往平乱，到时候，无论是孙悟空还是谁全都要殒命于此。

为了自己的母亲，他当初选择了屈服，这是一份责任。但孙悟空却做了他一直想做而不敢做的事儿。所以他抢先一步赶了过来，就是想护住这只发了疯的猴子，同时也想留住自己当年的那一份初心。

此时的南天门内，牛魔王以一己之力硬刚四大天王，妖族大军与众天兵也正打得火热，二郎神杨戬手握三尖两刃刀直冲孙悟空。而齐天大圣单臂举棒直接迎了上去，二人多年未见，谁能想到再见时会是如此场面。

只见杨戬突然说道：“猴子，大军将至，你再不走可真就来不及了！”

但孙悟空早已经杀红了眼：“当初我选择当狗，可还不是被赶尽杀绝。我花果山满山的猴子猴孙绝不能白死，就算我只剩一臂，金箍棒也残破不堪，但持国天王的命今天你们谁也护不下！”

说完，孙悟空突然一个身外身绕过了二郎神杨戬，而本尊则冲入大军之中，目标死死地锁定在持国天王的身上。驱神大圣禺狨王和通风大圣猕猴王为他左右开路，就在孙悟空即将得手之前，一声震耳欲聋的号角声传了出来……

只见随着李天王一声令下，这十万天兵如洪水一般冲入战场：“今日在场的所有妖族叛逆一概不留，全都杀无赦！”

第十一回
天地为棋

这是一场你从未见过的妖神大战！

孙悟空与结拜七兄弟率四万妖族大军死磕南天门，当托塔天王李靖亲率十万天兵天将前来平乱的时候，在场的七位妖族大圣心里都清楚，此一役注定是有去无回！

正所谓唇亡齿寒，花果山惨案就是一个例子！这多少年来与其憋屈地活着，倒不如来一场妖族的狂欢！

没错，他们要战的就是一直压在头顶上的这片天！

但很无奈，天庭神将无数，当托塔天王下令一律杀无赦之后，整个南天门战场开始呈现了一边倒的现象，妖族大阵惨叫连连，那妖族的血瞬间就染红了南天门外的金色盘龙天柱。

而已经冲入天兵大阵的齐天大圣终是一拳难敌四手，铺天盖地的兵器全都朝着他砸了过来，一时间孙悟空是寸步难行。

再看牛魔王，面对四大天王联手围攻，法力也是接近枯竭。

托塔天王眼见战场形势大好，再次发出号令，亲点手下巨灵神为先锋，率鱼肚、药叉等大将立刻入场，拿下七大魔王。而他自己眼神轻蔑地看着战场，不屑地说道：“今日不全灭了你们，难显我天庭之威！”

话音一落，他左手一抬，那七宝琉璃塔直接就被祭了出来。

此塔一出，鬼哭神嚎，多少年来不知有多少逆天大妖在这塔里魂飞魄散。当琉璃塔无限变大之后，就像是无底黑洞一样不停地将妖族大军吸入塔内。

而在这看似无力回天的情况下，场上几大妖王展示出了惊人的默契，竟在同一时间释放出了自己的本体，这妖气一出，直接就遮住了南天门的朗朗乾坤。

再看场上为数不多的妖族大军，双眼全都血红，龇着獠牙不要命地往前冲。

这时覆海大圣蛟魔王一飞而起，用自己的身体死死缠住七宝琉璃塔；混天大圣鹏魔王也张开巨大的羽翼，尽可能地遮住妖族本阵；而场上一头白牛、一头狮子和两大神猴胡乱冲撞，玩命地厮杀。

看着这一切，孙悟空更是豪气冲天，哈哈大笑：“老哥几个的看家本领是一点没落下啊！持国天王，今天老孙我不撕碎了你，我就不是齐天大圣！”

话音一落，孙悟空双脚踩地突然发力，一头巨大的“金刚”出现在天兵大阵之中，朝着持国天王就奔了过去。

无数的刀光剑影不停地在他身上闪现，本就断臂重伤的他金刚不坏之身已破，身上瞬间插满了各路兵器，鲜血也是不停地往外冒。

直到此刻，持国天王终于露出了恐惧的表情，因为他看出来了，这孙悟空摆明了就是要和他同归于尽。

而同一时间，在地府最深处，后土娘娘突然睁眼，淡淡说道：“时机已至，待人皇降世，便碎凌霄，拿下灵山！”

第十二回
死而后生

你知道孙悟空结拜七兄弟的下场有多惨吗？

七大妖王决定联手大闹南天门，看似是豪情万丈，但其实这悲剧早已注定。上位者以天地为棋，无论是谁，皆逃不过成为棋子的命运。

在南天门上，包括孙悟空在内的七大妖王已经是强弩之末，托塔天王李靖也已经动了杀心。

持国天王眼看着孙悟空就要冲到自己面前时，歇斯底里地喊道："一群凡界畜生当真是不知天高地厚，我是什么地位，想和我同归于尽，你也配！"

说完之后，四天大王同时出手，祭出法宝，片刻间四大法宝竟然合而为一，一把巨剑悬浮于半空中。此剑神赤龙环绕，当突然射出之时，竟还带有镇魂摄魄的琴弦之声，孙悟空只觉自己的灵魂都要被抽离体外。

就在这千钧一发之际，禺狨王与猕猴王用自己的身体挡在了孙悟空的面前。这些年来此二人的话从来都不多，谁能想到在最后的时刻竟同时做出了惊人之举。或许在他们眼里，孙悟空一直都是妖族的希望!

当巨剑穿透他们的身体之后，两大妖王迅速被无数的天兵天将淹没在人海之中。而那巨剑并未停止向前，突然转向直射上空。

当一道金光闪过，混天大圣鹏魔王巨大的羽翼被刺穿，于空中坠落；覆海大圣鲛魔王更是被死死地钉在了琉璃塔上。

持国天王笑了，他就是要在孙悟空的面前将他的几个兄弟彻底斩杀。好一个杀人诛心!

再看那李靖的七宝琉璃塔，在摆脱控制之后，直接就朝着牛魔王和狮驼王砸了过去，他二人独战万军，本就是强撑，猝不及防之下只能举起双臂扛住神塔，而双腿也瞬间深陷地面。

牛魔王留下的最后一句话便是：“猴子，哥几个只能陪你到这儿了!”说完之后巨塔轰然砸下，除了扬起的灰尘，什么都没有留下。

看着场上的一切，孙悟空的脑袋里嗡嗡炸响，一片空白，只剩下一个字，那就是“杀”！失去理智的他已经无神可挡，冲到持国天王面前时张开巨大的獠牙，一口咬在了对方的脖子上！持国天王哇哇大叫，不停地在喊：“救命!”

其余三大天王怒不可言，无数的拳头朝着孙悟空的脑袋不停地砸，但这疯猴就是到死也不肯松嘴。

片刻之后，孙悟空原地怒吼，震飞了周围所有的天兵天将。整个天宫都在颤抖，地上的持国天王也已经没了生命迹象!

而齐天大圣留下了两行血泪！由于脑部受到重创，他已经神志不清，眼神里全是野兽的凶狠。

战场上二郎神杨戬身侧的哮天犬都发出了哀嚎，似乎在祭奠一代妖王的落幕。

但就在这时候，天上突然闪过一道光芒，孙悟空莫名其妙地原地消失了。而凡间界的一个道观里，一个声音淡淡说道,：“乾坤未定，胜负未分，这盘大棋正式开局!”

第四篇 猪八戒

第十三回
赎罪之行

世人皆知天蓬元帅乃是紫薇北极太皇大帝的四大护法天神之一，还身居北极四圣之首。但谁能想到，在投胎成猪妖之后，他最强的功法可不是“天罡三十六变”，而是传说中的“鏖战之法”。

当初被他强娶的卵二姐，不到一年便撒手人寰，所以猪八戒后来又盯上了高翠兰入赘高老庄。

而在灵山变故之后，猪八戒看似已经形神俱灭，但其实也和唐三藏一样被赋予了一线生机。

当他再度回到高老庄之后，这里也注定要成为他休养的乐园。至于他的师兄和师父到底是死是活，他又怎会在意？

孙悟空在南天门即将遭遇灭顶之灾时，在最后的时刻被人突然施法拯救，这出手的人正是五庄观地仙之祖镇元子，他的一招“袖里乾坤”瞒住了所有的天兵天将。

他的一句“这盘大棋正式开局”，更是让所有人都明白，之前发生的一切都是为了在孙悟空的心里埋下仇恨的种子！

在失去猴子猴孙和六位兄弟之后，神志不清的孙悟空整日在花果山游荡，如同一只孤魂野鬼，断掉的左臂，满身的污血，要多凄惨有多凄惨。

多年之后，他终究还是等来了属于他的那束光，而这束光正是找回记忆，化为枯骨的唐三藏。

唐三藏知道，自己西行一路，铸成大错，为了众生，他愿意再次重走西游路，还世间公道。便立刻来到花果山来寻自己的大徒弟孙悟空。但看着孙悟空的孤魂残躯，他的震惊根本就无法描述。一向天不怕地不怕的猴子，竟落得如此地步。唐三藏浑身颤抖，看来还是来晚了一步。

而那猴子再发现他之后，龇着獠牙，朝着他就冲了过来。即便三魂七魄不全，他仍旧在守护花果山这个地方，这种执念从来都不曾消散。

为了能够唤醒孙悟空，唐三藏毫不犹豫，一把锁住猴子的脖子抵在了山脚下，一句“要么随我去灵山，要么死”，直接让其空洞的眼神恢复了过来。

没错，这猴子永远都不会忘记，当初就是这个人一把将他从五指山下给薅了出来。而当时说的也正是这句话！

虽然唐三藏已化为枯骨，拥有火眼金睛的孙悟空还是一眼认了出来。两行眼泪滑过，只听扑通一声孙悟空跪在了对方身前。

山脚下，一人一猴，这场面可谓是似曾相识，就好像什么都没有改变过一样。但师徒二人都清楚，这西行之路第一次走的是人情世故，这一次要走的才是无尽的黑暗。

前方等待着他们的，除了黑暗，还有散发着通天恶臭的高老庄。

第十四回

重回高老庄

世人皆知，当年猪八戒在天庭因醉酒戏耍嫦娥仙子才被贬为猪妖。

这天蓬元帅于天河之上掌管八万水兵，仔细想来，当初八戒醉酒，戏耍嫦娥，而嫦娥并未发声，只因惧怕他神志不清做出糊涂事，才想要立刻逃离。而八戒自己大呼小叫，这才引来天兵将他擒住。

玉皇大帝得知此事之后，第一反应可不是将他贬下凡界，而是就地斩杀。

此法乃是八戒早年间偶遇真仙所得。当初骊山老母带着几位菩萨想要试探唐僧师徒的禅心，孙悟空一眼认出其真实身份。其实八戒也认了出来，只因这鏖战之法若与仙体共修效果更佳，这才让八戒起了贪念，想要入赘此处！

只可惜了卵二姐，本是凤凰后裔，可即便如此，终是未能活过一年。当初唐僧悟空师徒二人若是再来晚一步的话，那高翠兰也难逃厄运。

可现如今，没了枷锁之后，猪刚鬣是变本加厉，将自己的欲望无限地放大。整个高老庄都如同一座腐烂的猪圈，福陵山云栈洞方圆几百里，无论是人是妖，全都要成为他的养料！

在花果山上，唐三藏与孙悟空师徒二人再次相聚，打算再踏西行路。而猪八戒与沙和尚是否尚存于世，一直都是唐三藏的一块心病。毕竟对于地府冥界的布局，他还一无所知，那一线生机是否给了那一猪一鱼，还是个谜！

可当师徒二人再度踏入乌斯藏国，临近高老庄时，大禁大惊失色。

此时正值春季，可身前两侧的树木皆已枯萎，杂草都不曾滋生。而且天生异象，抬头望去，一片的血红，根本看不到边儿，显然是毫无生机可言。

记忆中熙熙攘攘的大道上，此时只有一具枯骨和一只断了一条手臂的猴妖在慢慢地前行，画面诡异到了极点。

随着他们再次走进高老庄之后，扑面而来的是无法言语的腥风恶臭。只见地上铺满了烂坏的污秽，到底是食物还是什么，已经不得而知。各种荒烂的房屋是残败不堪。当初整座高老庄也是几千户人家，如今却已经变得如此模样，怎能不让人心惊胆寒！

师徒二人直至走到庄子最深处，才发现一拄着拐杖倚在墙角的老者。当他们走上前去，想问个原委之时，这老者突然跪在了地上不停地磕头，嘴里战战兢兢地喊着："请饶了我吧。我大儿子给您打了牙祭，我闺女也给您送去了，老汉我真的是什么都拿不出来了呀！"

听闻此言，孙悟空眉头紧皱。就在这个时候，距离高老庄不远处的一个山头之上，一声女人的惨叫传了出来。

齐天大圣侧头看去，只见那山头妖雾缭绕，九根通天大柱就立于山顶之上！

第十五回
凡间真相

你真的以为这世间最恐怖的地方是地府的十八层地狱吗?

在那金光万丈、九龙环绕的天庭之上，玉皇大帝掌管着三界的一草一木。可但凡有铸成大错者，皆是被贬下凡间来受苦受难，难道这只是一个巧合和误会吗?

凡人一世得历经多少的大小灾难劫数，或许，这凡间界才是真正的无间炼狱！而此刻，满目狼藉的高老庄和地狱根本就没有区别，地面上腐烂黏稠的肮脏之物不停地散发着恶臭。

随后，唐三藏和孙悟空从老者那里得知：自猪八戒再度回归云栈洞之后，高老庄无论男女老少都彻底遭了殃。

那一日，本来晴空万里的庄子里突然就黑云蔽日，妖风四起。当妖雾中闪现出一长嘴獠牙的猪影时，人们知道灾难终究还是来了。

自那日起，猪八戒使了神通将整个高老庄都笼罩其中，谁也无法离开这里。每过一段时间，他便会来到庄子掳走数十的壮丁和少女，他们的下场也是不得而知。

听闻一切后，唐三藏看着山顶处的九根通天大柱，他知道必须立刻前往才能得知真相。

当师徒二人来到猪八戒的老巢——福陵山云栈洞的洞口时，抬眼望去，那九根通天大柱奇高无比，若是细看的话，还可发现柱子上有残留着未干的血迹。而在洞里面也是各种惨叫声！

齐天大圣孙悟空本就是个暴脾气，忍无可忍，冲了上去，抬起金箍棒一棒就击碎了整个洞口，怒吼道："夯货，你给我出来！"

这一动静立刻惊动了里面的猪八戒，当他冲出来一探究竟时却愣在了当场。他是真的没有想到，师父和那猴子居然还活着，而且还找上了门来。

唐三藏虽已是一具枯骨，可那空洞的眼睛里仍然流露出痛苦的神色，只听他淡淡地说道："八戒啊，你我师徒当初不论经历了什么，你也不该铸此大错！"

可猪八戒听完却哈哈大笑：

"师父，我哪里做错了？到了现在您老人家还不明白么，这凡间界才是地狱。世人都说作恶之人必将进入十八层地狱，但他们太天真了，那十八层地狱在何处？那是各路上神枭雄的修炼之地。凡人想去他们配吗？

"真正的苦难一直都不在地府，而在此处！倒不如让老猪我吃了他们，也算帮他们早日脱离苦海。

"说不定我吃光了他们，完事儿一忏悔还能立地成佛呢！您说是吧，师父？"

听完这一切，唐三藏震惊在了当场，他怎么也没有想到，灵山一役之后，八戒的思维竟然偏激到了如此地步，如若再不制止，任由其发展下去，后果绝对不敢想象。于是立刻说道："八戒，当初发生的一切，真相未知。如果你还相信师父，就随我再去灵山要个说法回来，如何？"

一旁的孙悟空却突然喊道："师父，多说无益，这夯货如果不去，我打到他去！"

可就在这时，福灵山上的九根天柱突然剧烈地颤动。猪八戒双眼血红，却淡淡地说道："大师兄啊，你不会真的以为我打不过你吧？"

第十六回
偷梁换柱

你知道猪八戒的真实身份藏得有多深吗？你难道真的以为他打不过齐天大圣孙悟空吗？

如果猪八戒真的只是一个掌管天河八万水军的普通元帅的话，太上老君又怎会将自己亲手打造的神器“上宝沁金耙”赐给了他呢？

说起来这上宝沁金耙，也叫九齿钉耙，连柄共计五千零四十八斤，乃是当年太上老君用神冰铁锤炼，借五方五帝、六丁六甲之力才锻造而成。相比较之下，其珍贵程度甚至要在定海神针之上。

而猪八戒当年被贬下凡间，混入取经的队伍里面，更是藏着惊天的阴谋！

此刻在福陵山云栈洞的洞口处，师徒三人再度相遇。面对思维几近疯狂的猪八戒，孙悟空忍无可忍，提着金箍棒就冲了上去。

这一棒可谓石破天惊，猪八戒想都没想，举起粗壮的双臂摆好格挡之势。但他没想到，那金箍棒距离他仅有毫厘之间时竟突然变粗，还产生了二次爆发之力，只听“砰”的一声巨响，猪八戒如炮弹一样砸进了身后的九根天柱之内。

一击得手之后，孙悟空并未松懈，而是眉头大皱。只因他发现这猪八戒的气息相较之前，显得更盛了。

而同一时间，整座福陵山疯狂地摇动，九根天柱之上无数的巨石轰然砸下。随着巨石一点一点地脱落，天柱也迸发金光，露出了真容，这正是太上老君的上宝沁金耙。

孙悟空与唐三藏还在错愕之时，这巨大的耙子轰然倒下，朝着他们就砸了下去。在这千钧一发之际，孙悟空单臂力聚金箍棒，这定海神针瞬间变大。

直至此刻，太上老君当年所铸的两大神器终于来了次正面交锋。

只是让孙悟空没有想到的是，猪八戒的蛮力竟隐隐在他之上。没错，孙悟空目前重伤在身，如意金箍棒也还未重铸，况且猪八戒近些年来日夜鏖战从未停歇，无论是从武器还是自身实力目前都在对方之上。

一旁的唐三藏眼见情况大为不妙，双手结出法印，一股逆天妖气于空中凝聚而出，生生地拍在猪八戒头顶处！这股能量也是非比寻常，在黑色妖雾之内还隐隐藏着金色佛光。

只见猪八戒一时间根本无法摆脱，愤怒之下双眼更是血红得可怕。

但就在这个时候，距离不远处的一个山头上莫名其妙地出现了一人一兽的身影。这神秘人右手一指，一颗金珠射进了猪八戒的眉心！

孙悟空和唐三藏回头看去，略显惊讶，一时间也分辨不出对方身份。

而更让他们惊讶的是，猪八戒竟突然痛苦地跪在了地上，双手不停地拍打自己的脑袋，显然是头痛欲裂。

在他身后还浮现出一个巨大的虚影，此虚影三头六臂，手持六件上古神器，身着黑衣玄冠金甲，身长直达五十丈。

等猪八戒冷静下来后，竟然自嘲地放声大笑："哈哈哈，我想起来，玉帝，你好一个偷梁换柱！"

第五篇

沙悟净

第十七回
漫天鼠群

世人皆知，当年如来佛祖自断一臂才将孙悟空压在了五指山下。但你不知道的是，玉皇大帝也曾燃烧了自己两千万年的道行，只为封印天蓬元帅猪八戒真实的身份与记忆。

众所周知，天蓬元帅，尊号天蓬玉真寿元真君，真身乃三头六臂，其天蓬咒、天蓬印和天蓬大法更是能让万魔避退，威震三界。可即便如此，天蓬元帅这个北斗破军星还是卷入了皇权斗争之中，成了唯一的牺牲品。

此时猪八戒瘫坐在地上，眼睛里的戾气也在逐渐消散，看着自己身后巨大的虚影，他终于将一切都想了起来。

当年自己可是中天紫微北极太皇大帝的头号大将，更因四大护法的身份，被尊为北极四圣之首，掌管着三十六万神兵。

只是可惜，为将者头脑太过简单，根本就没看出来身为道教四御之一，一直辅佐玉皇大帝管理星界的紫微大帝，已经成了皇室的心头大患。而自己只认紫微大帝不识皇权也触犯了皇家大忌，这才招来了逆天大祸。这三界上下莫非王土，这不就是帝王制衡之术吗？

想到了这里，猪八戒抬头望天，脸上写满了无奈和不甘。随后还自嘲地慢慢说道：

“玉帝啊，当初你下旨命我西天取经，混入灵山，看来是想借如来之手将我彻底泯杀。本来还以为自己是意外投作了猪胎，现在看来，全拜你所赐！你不就是想告诉三界众生，这就是违逆皇权的下场吗！”

在听闻一切原委之后，唐三藏和孙悟空也是无比震惊。谁能想到，一直偷懒耍滑、好色成性的猪八戒，其背后还隐藏着如此惊天的阴谋。

再看远处那神秘黑影，也早就消失不见。唐三藏上前一步，朝着八戒说道：“该上路了。”

猪八戒听后并未作声，抄起九齿钉耙便走了过去。是啊，经历了那么多，师徒三人根本就不用做过多的交流。无论是天庭还是灵山，都给他们带来了毁灭般的灾难，可除了隐忍，此刻的他们什么都做不了。

三日之后，远处一座荒岭挡在了他们面前。此岭巍峨高耸，可总是透着说不出的诡异。孙悟空的火眼金睛金光乍现，如意金箍棒也在隐隐泛光。这种种迹象都在说明，此处必有妖物作祟。

果不其然，师徒三人越靠近山岭，地上的骸骨便越多，每一具骸骨上都爬满了巨大的老鼠。

而就在这个时候，三人低头一看，大地突然剧烈地颤动。只见山岭上黑压压的一片铺天盖地地朝着他们倾泻而下。

孙悟空定睛一看，这冲下来的，正是饿红了眼的漫天鼠群！

第十八回
三昧神风

当年，火云洞红孩儿凭借着三昧真火，让孙悟空尝尽了苦头。但你可曾知道，齐天大圣真正怕的可不是三昧真火，而是三昧神风。

此神风非同小可，妖风一起，鬼忧神愁崩石裂崖！而这风当初还差点儿让孙悟空的火眼金睛彻底废掉！

没错，使此风者正是黄毛貂鼠黄风怪！

纵观西游全程，不靠法宝便能伤着孙悟空的，他算是一个。这九九八十一难也是从他而起。

说起来，这黄风怪乃是灵山脚下一得道鼠妖，因偷吃了灵山灯油，怕被佛祖重罚，才躲到黄风岭内作怪。

可这等说法你信吗？灵山的灯油就那么好偷吗？

这黄风怪其实就是授灵山安排，奉法旨来到了西天取经的必经之路。只不过连他自己都没有想到，当初与孙悟空的一战，竟引起了佛道之间的风暴。

当年那一阵三昧神风不仅是让火眼金睛都闭上了，还刮得整个三界都为之动荡。也正是借此机会，天庭与灵山才疯狂布局，故意放走自家坐骑来抢夺人间香火与气运，为害人间。

此刻唐三藏师徒三人身处黄风岭脚下，眼看着上面遮云蔽日的漫天鼠群。三人都清楚，这场面若是让凡人见了必然会吓到腿软，半秒内就会被啃食得一干二净。

就在这个时候，只见山头上一貌似黄鼠狼的生物缓缓地站起了身，那妖异的眼神里还带着一丝狡黠。这不是黄毛貂鼠黄风怪又是谁？

正所谓仇人见面分外眼红，齐天大圣拽下一撮猴毛往前一吹，无数的猴子出现在了山脚下，直冲鼠群大军。一时间无数的金箍棒疯狂砸下，让人眼花缭乱。

但黄风怪却根本不为所动，嘴角仍旧挂着诡异的微笑，不屑地说道：“孙悟空，我就知道你没死！等我灭了你们师徒三人，到了灵山可又是大功一件！只是可惜了金蝉子啊，浑身上下是一丝儿肉都没有，那不比灯油香啊！”

说完之后，他化作了妖身，深吸一口浑气，于体内凝聚成风便吹了出来。只见这黄风林顿时飞沙走石，狂风大作，每一颗沙粒都如同一把刀片儿。

这一次孙悟空早有准备，如意金箍棒顺势直插地面，定住了身形。那一双火眼金睛也是紧闭不睁，而猪八戒上前几步，身体瞬间变大，试图挡住狂风。

眼看对方三人只能被迫防御，黄风怪一声冷笑，直接从山上蹿了下来，眼睛死死地锁定齐天大圣还未痊愈的左臂。

但下一秒，其左前方突然响起一声怒吼，一只巨兽直接拦住了他的去路，伴随巨兽而出的还有一颗金色圆珠。

当金光闪过，无往不利的三昧神风突然戛然而止。之前铺天盖地的漫天鼠群也是被吓得满山逃窜！

孙悟空抬眼看去，这来的正是地藏王菩萨和通灵神兽谛听！

第十九回
九世修为

你知道唐三藏的前九世死得有多惨吗？如来佛祖又为何要等到金蝉子转世的第十次，才让他顺利通过流沙河？这里面其实一直都藏着灵山与天庭之间的博弈。

当年玉皇大帝与卷帘大将来了一招苦肉计，将卷帘大将贬入了流沙河，其实就是想让其阻挡取经人的去路，好让沙悟净混入灵山一脉。

佛祖眼看着沙悟净生吞金蝉子九次而不过问，其实也是来了一个将计就计，要知道金蝉子的定力可没有那么强。

但凡有女妖和他成亲之时，唐三藏虽然都会婉拒，可眼神总是躲躲藏藏。若真是心无杂念，为何不敢直视对方？在女儿国那一次，临走时他更是露出了复杂的神色。

正因如此，对于金蝉子的前九世，佛祖并未干预，只要唐三藏阳气不曾泄露，待他修得十世好人后，再于灵山夺取其十世修为，何乐而不为？假意收了沙悟净，既可麻痹玉皇大帝，又可借沙悟净之手夺取金蝉子的修为，最后在灵山来个一窝端，还真是好一个一箭三雕！

地藏王菩萨携神兽谛听突然出现在了黄风岭，那黄风怪使出三昧神风之后本是扬扬得意，可地藏王的明月珠一出，整个岭内便是丝风不起，全部化为平静！

在一吼吓退鼠群之后，谛听就直接扑向了黄风怪。此一幕事发突然，黄风怪做梦也想不到地藏王菩萨竟出现于此，慌乱之下，几步便被逼到了山脚，无路可退！

孙悟空也是瞅准时机，提着棒子就冲了上去。黄风怪知道，这一棒子下来，自己是必成肉泥，只是有点不甘，到手的肥肉就那么飞了！

于是在最后的时刻歇斯底里地喊道："老子刚才那一阵风早就吹遍三界，天庭和灵山不久后必然会派人过来，我死了你们也活不长……"

这"长"字还未说完，金箍棒就顺势砸下，三昧神风也从此于三界彻底消失！

解决完一切之后，师徒三人原地未动，唐三藏已经认出了当初出现在高老庄的黑影就是地藏王菩萨。可灵山一役后，这三界之内还有谁可以相信呢？

这时地藏王率先打破了平静："你师徒三人可继续西行，如若再遇难处，可来阴曹地府求助。十殿阎罗已受法旨，于地府恭迎待命。最后一件事，便是那沙和尚此刻危在旦夕，望你们三人速去相救，若再晚一步恐有不测！上位者以天地为棋局，而你们便是破局者。好自珍重！"

说完，地藏王菩萨携谛听消散而去，离开了此处！

此时的唐三藏内心五味杂陈，他原本以为自己转世为妖后，便摆脱了棋局，可现在看来，自己却还在这棋盘之上。但不管怎样，还是立刻救下沙悟净最为要紧。

想到了这，师徒三人再度启程，直奔流沙河！

可他们三人还不知道，距离流沙河不远处的一个秘洞里，沙和尚浑身是血，被绑在了石柱上，脑袋低垂，双眼紧闭，也不知是死是活。

突然一个声音从他旁边传了出来："这金蝉子的九世修为，你是交出来，还是不交啊?"

第六篇

真假孙悟空

第二十回
真假美猴王

当年在灵山佛祖那被打死的，你真的以为是六耳猕猴吗？如果真的如此，本就铜头铁臂的齐天大圣为何在西天路上频频受伤？就连猪八戒也从那之后就改口大师兄，“猴哥”二字再不提起。

众所周知，孙悟空自东胜神洲破石而出后，就一直不曾跳出道家设下的局。而玉皇大帝更是将他作为一枚天庭的暗棋，安插在取经队伍里。

这一切，你真以为灵山佛祖看不出来吗？也正为此，佛祖才安排了真假美猴王这一出大戏。而西行一路护着唐三藏的到底是孙悟空还是六耳猕猴，早就成了千年谜题。

但谁能想到，这一谜题却即将在流沙河这个地方揭开。

当初灵山变故，唐三藏师徒惨遭欺骗，差点儿烟消云散，可在那之后，他们也都有各自的机缘。沙悟净于灵山之上奋力反抗，最终佛祖并未对他痛下杀手，只为了回收其体内金蝉子的九世修为。在灵山漫天诸佛的眼里，沙悟净其实就是一件容器而已。

那一日沙和尚摔落流沙河内，佛祖那一掌拍得他重伤难愈，稍一动弹就感觉五脏六腑都要碎掉！可在三日之后，他突然听到有人在呼喊他的名字，这声音他再熟悉不过，正是大师兄孙悟空的声音！

激动之下，他提着降妖宝杖就上了岸，可他哪知道，这一上岸却给自己带来了无尽的黑暗。对方的如意金箍棒轰然砸下，沙悟净在重伤之下又怎么可能扛得住？就算是巅峰状态，结果也是一样，最终，他带着满脑子的疑惑昏了过去！

再说唐三藏师徒三人，受地藏王菩萨指点之后，立刻就来到了流沙河。但不知为何，始终不见沙悟净的踪影，这一寻便是三天三夜。

终是在距离流沙河五十里外一山洞里找到了沙悟净，这洞里的惨象还是惊住了他们。只见洞里的墙壁上沾满了鲜血，角落里也散落着血迹未干的鱼鳞。一头巨大的鱼怪被绑在了石柱上，这不是卷帘大将沙悟净又是谁？

沙和尚浑身是血还不停地往外冒，原形都被打了出来。身上残留每一块鳞片都在告诉师徒三人，沙和尚遭受了前所未有的虐待。

可就在猪八戒准备上前一步解开绳索的时候，洞里一角落突然阴风窜动，呼啸而起。齐天大圣孙悟空丝毫没有犹豫，右手拽出金箍棒就冲了上去。

只听“砰”的一声巨响，两件兵器激烈相撞，二者丝毫都不曾退让，摩擦出刺眼的火花。借着瞬间的光亮，唐三藏和猪八戒竟看到了两根几乎一模一样的如意金箍棒。

二人来不及多想，猪八戒趁此机会背起沙悟净逃出了秘洞，等再回头看时，洞里金光暴起，整座山头轰然坍塌。而空中居然漂浮着两个一模一样的孙悟空，手里也全都拿着如意金箍棒。

同一时间，地府内地藏菩萨轻声问道："这一次你可还能看出谁是真身吗？"

谛听趴在地上，双目微睁地回答道："他们，全都是！"

第二十一回
大圣真身

你知道吗，陪着唐三藏西天取经的根本就不是孙悟空，而是六耳猕猴。这个六耳猕猴早被佛祖篡改了记忆，也正因如此，在六耳的心里，自己就是孙悟空，对方才是假的！

齐天大圣孙悟空的真身其实也没有被一棒打死，而是被佛祖封住了记忆，成了灵山打手！

若不是这逆天的偷天换日之术，又怎么可能瞒得住三界上下！

这一切或许你很难相信，但其实这就是真相！

当初六耳猕猴受如来佛祖之命，与孙悟空大打出手。本来灵山承诺他，只要打赢了便可取而代之，护唐三藏至灵山之后便可铸金身成佛。可他哪知道自己这个替代品竟做得如此彻底！

而大圣在被封印记忆之后，他根本就不知道自己是谁，也不知道自己从何而来，便做了灵山背后见不得光的无情打手！

这一次他再度受灵山之命，前往流沙河收回沙悟净体内的金蝉子九世修为。

此刻二猴相遇，两个人的脸上同时露出了惊讶之色！

断臂孙悟空眉头紧皱，大声喝道："妖怪，老孙平生最恨你这等货色，冒充我的下场只有死！”话音一落，他举起金箍棒就冲了上去。

再看那大圣真身，虽有疑惑，但眼神里始终保持着冷静。二话不说，同一时间巨棒相迎。

在两件兵器再度相撞后，不远处的唐三藏和猪八戒算是看明白了，不论对方是谁，这一路走来的断臂孙悟空定然不会是假的，不然他体内哪来的斗战之心？

之前在闹南天门时，当看到结拜七大圣携七十二洞妖王助阵，他又怎么会双眼起雾？想到了这儿，师徒俩人同时拽出武器，准备出手！

天空上爆发的光芒越发强烈，两件兵器每撞上一次，光芒便强上一分！当俩猴子拼尽全力打出最后一击时，空间扭曲不说，周围的山头都乱石崩飞，地动山摇。

随着这阵光芒消散后，断臂孙悟空突然瞪大了双眼，惊在半空。因为他这才看清楚，对方的武器虽与自己的高度相似，可那棒子上面刻着的可不是“如意金箍棒”，而是“随心铁杆兵”！要知道，两件兵器的材料可全是玄铁所铸，根本没有强弱之说。

再说这俩猴子，一个是混元一气齐天圣，一个是久炼千灵缩地精，不打个天昏地暗，又怎能分出个胜负！

但谁能想到，空中的大圣真身突然嘴角上扬，只听“噗”的一声，那断臂孙悟空一口鲜血就喷了出来。原来俩人每次对刚，那霸道无比的反震之力全都会返回去，若不是金刚不坏之身又怎么可能扛得住？

大圣真身自不必说，可那断臂孙悟空却是六耳猕猴，他可没在太上老君的八卦炉里炼上一番。

眼见对方重伤破绽已出，大圣真身抬起随心铁杆兵，一棒子就将对方打落至流沙河底！

一时间是生死不明，这时，天空忽然暗淡，雷声滚滚，一个巨大的法印朝着大圣真身就拍了下去，这法印正是天蓬印。

只见猪八戒开启三头六臂天蓬真身，其头顶上，天蓬钟、天蓬符和天蓬神尺等神器尽出。而在这流沙河处也响起一声巨吼："妖猴，你可敢与我北极四圣一战！"

第二十二回
六耳猕猴

这世人皆知六耳猕猴乃是传说中的混世四猴之一，可佛祖的一句“且看二心竞斗而来也”，直接让芸芸众生只记住了六耳猕猴乃是孙悟空的心魔一说，却忽略了佛祖的下一句，那便是“周天之内有五仙：乃天、地、神、人、鬼。有五虫：乃嬴、鳞、毛、羽、昆。又有四猴混世，不入十类之种”。没错，混世四猴一直都真实存在藏于世间，而众生所记住的心魔真相，也不过是上位者想让他们记住罢了。

这灵山也好，天庭也罢，他们费尽了心思，只想掩盖混世四猴的存在。只因为自开天辟地以来，由宇宙混沌孕育而生的四只猴子，他们的真实身份足以颠覆整个三界霸权！

此时，断臂孙悟空已被一棒打落流沙河生死不明，沙悟净也浑身是血还不曾清醒。在这最后的时刻，天蓬元帅站了出来。

巨大的真身显现之后，神器尽出。还不等大圣真身做出反应，眼见自己的天蓬印于空中已成压制之势，猪八戒手提着九齿钉耙一跃而起！

可下一秒，那大圣真身竟丝毫没受影响，还使出了大品天仙决身外身，一瞬间的工夫，半空中的三只猴子将猪八戒团团围住。

只见猪八戒三头六臂，持六大宝器和对方的随心铁杆兵来回地对撞，二人这一战打得那叫一个天昏地暗，任谁都不曾保留实力半分。

可也就是俩人一身的逆天修为，直接就捅破了这天，碗口大的天劫神雷不停地往下劈！眼看这猴子与自己难分上下，天蓬元帅集全力于一处，直接崩开了大圣真身，随后立刻祭出天蓬钟困住对方。

而这还只是个开始。众所周知，凡行雷法，无天蓬不可以役雷神，独行雷法，无天蓬不可以显验。他就是要借助天劫神雷之力，释放自己的天蓬大法！

转瞬间，这一片天地是黑压压一片，狂暴的天雷不停地凝聚。这动静甚至都让沙悟净转醒了过来，一旁的唐三藏抬头望天，一言不发。他知道，这道雷如若真的劈下，凡间界将再无流沙河！

但就在这时，却突发变故，那恐怖的雷云竟然慢慢散去，而猪八戒三头六臂的天蓬真身也收了回去。原来，此时的猪八戒还不足以维持真身太久，他的神力已经被消耗得一干二净。

这天蓬钟一撤，大圣真身丝毫不废话，一棒子打飞了猪八戒，然后直取沙悟净。毕竟金蝉子的九世修为才是他的目的！

此时唐三藏手持九环锡杖已准备迎战，虽然知道自己不是对手，但他已经无路可退，他绝不可能看着自己的徒弟死在自己面前！

突然，流沙河波涛汹涌，一个巨大的旋涡形成之后，竟露出了流沙河底，而在那河底的不是别人，正是断臂孙悟空，也就是六耳猕猴！

只见他单臂握住金箍棒直起了身，怒视大圣真身！同一时间，天空上还现出了人首蛇身的巨大黑影。

随后断臂孙悟空突然开口说道："我知道我打不过你，但打得过要打，打不过我也要打，谁赢了谁就是英雄！"

第二十三回
神猴归位

当年六耳猕猴奉佛祖法旨替换孙悟空西天取经，整个三界都没能辨出个真伪！唐三藏用“紧箍咒”试不出来，托塔李天王的照妖镜也照不出来。只因这猴子幻化得可不仅仅是模样，就连能力也与齐天大圣一般无二。

众所周知，混世四猴无一善类，都有与生俱来的独特天赋。六耳猕猴善聆音，能察理，知前后，万物皆名。先天资质本就不逊于孙悟空的他，更是将对方的大品天仙决以及七十二般变等法诀尽收于六耳之中。这才有了那句“盖为神通多变化，无真无假两相平”。

但所有人都不知道的是，与孙悟空相比，六耳猕猴却有一个致命的弱点。

此时在流沙河处，六耳猕猴怒视大圣真身，就连如意金箍棒和那随心铁杆兵也是不停地颤抖，显然是战意冲天！

但在场的唐三藏和沙悟净都没有听见，六耳猕猴自嘲地说了句：“这或许就是宿命，也是我的最后一战！”

原来之前他被大圣真身一棒打落至河底，昏迷不醒，意识也随之遁入黑暗，在这片虚无的意识里，不停地有画面在他眼前闪过。

他看到一个巨人手持神斧朝着混沌全力劈下，随后在这片混沌之中竟还孕育出了一只巨大的魔猿。当画面定格在最后一个场景时，他又看到一人首蛇身的上古大神正独自大战十二个敌人。双方这一战打得是惊天地泣鬼神，最终这位上古大神彻底陨落。

没错，这一战正是上古天庭的主宰者东皇太一对战巫族十二祖巫。

当六耳猕猴还在震惊中时，一个声音传进了他的耳朵里："你本为混沌而生，乃是混世四猴中的六耳猕猴，并非孙悟空。虽身份不同，可你西行一路历经九九八十一难所萌生的斗战之心却真实存在，天地不仁，以万物为刍狗！你是否愿意为落寞的妖族和众生去博一个未来？而代价则是你的生命！"

听闻一切后，六耳猕猴想起自己西行一路的骗局，想起花果山惨死的猴子猴孙。他于流沙河底流下了一滴眼泪，"我到底是谁"这重要吗？这世间需要的从来都不是孙悟空，而是能燃尽三界不公的斗战之心！

随后他转醒了过来，当定海神针立于河底之时，暗流涌动的河水全部避退，而在他身上竟缓缓燃起了斗战之火。下一秒他丝毫没有犹豫，直冲大圣真身！没错，这就是他的选择，他愿意舍弃自己，与齐天大圣孙悟空彻底融合！

而此时的孙悟空，一时间根本就动弹不得，似乎被一股神秘力量所束缚，只能眼看着燃起熊熊烈火的六耳猕猴窜入自己体内。随着一阵耀眼的火光暴起，孙悟空的眼前突然一黑，无数的记忆涌入脑海之中，就连佛祖的封印也彻底碎裂。

在流沙河边的唐三藏和沙悟净只能远远观望，根本不敢靠前！

孙悟空再次睁开火眼金睛时，全身上下都在熊熊燃烧！这斗战之火竟熔化了他手中的随心铁杆兵，取而代之的却是六耳猕猴手中的如意金箍棒！

直至此刻，两件神器终于合二为一，齐天大圣再次归来，斗战之心也彻底归位！

齐天大圣血红着双眼，怒视西方上空，咬牙切齿地说道："玉帝，如来，你们都给我等着！"

第七篇 五庄观

第二十四回

地仙之祖

你知道万寿山五庄观镇元大仙的实力有多恐怖吗？这个地仙之祖看似云淡风轻，但就算是放眼整个三界，敢去招惹他的又有几个？

这与世同君的镇元子从来都不奉三清，不供如来，除天以外，就算是地也只拜一半儿而已。

当年齐天大圣孙悟空一个筋斗十万八千里，愣是翻不出他的一展袖袍。太上老君所铸的两大神器——定海神针和上宝沁金耙，也不曾在他袖子留下半点痕迹！即便是他五庄观的两个童子——清风和明月也都有千年的道行。这一切的一切都在诠释镇元子的实力与地位。

要知道，整个西行一路或许有那么几个妖怪能伤着孙悟空，但真正意义上不靠法宝能完全压制住这猴子的，也仅仅只有九灵原圣和镇元子二人。

当初孙悟空一怒之下推倒了人参果树，他们师兄弟三人更是与镇元大仙大打出手。但对方不知为何迟迟不肯下杀手，直至观音菩萨出现才将此事彻底解决。

注意了，这重点可不是解决此事，而是迟迟不肯下杀手！没错，这地仙之祖如若要诛杀他们，似乎易如反掌。可也就是这么一个看不上玉帝瞧不起如来的大神，却愿意与孙悟空结拜成了异姓兄弟。这种种蛛丝马迹都让人觉得匪夷所思。

但其实这一切都源于仙界的制度罢了，镇元子深知自己实力再强，也入不了上流众神的眼。为什么？还不是因为没有强大的身世和背景。而那孙悟空实力虽不入流，可人家那不为人知身世，却足以吓坏各路大神！

所以当初他与孙悟空打的那一架看似是天昏地暗，实则就是一场人情世故！

而此刻，在流沙河，齐天大圣孙悟空与六耳猕猴完全融合，斗战之心也完美归位，师徒四人这才算是走到了一起！

唐三藏这一路也是越走越心惊，这西行才刚刚开始没走多远，可遇到的事儿却早已颠覆了他的认知。当他得知，沙悟净体内封存着自己的九世修为时，他更加坚信天庭和灵山布局之深远，简直让人不寒而栗。但有一点他知道，此次西行只会离真相越来越近！

想到了这，师徒四人没有犹豫，立刻启程。没走几日，便来到了故地——万寿山五庄观。

齐天大圣远远地看着，也是若有所思：当初自己在南天门身受重伤，被天兵天将围得水泄不通时，又被人莫名其妙地救走了。他早就怀疑那人就是自己这个结拜兄弟。

想到此处，孙悟空再次推开了五庄观的大门，可这一次清风、明月两位道童并未出现。整个道观竟空无一人，只有那棵偌大的人参果树仍旧立在后院。

可谁能想到，当看到这棵熟悉的人参果树时，唐三藏竟然愣在了当场。一旁的猪八戒突然说道：“师父，这一次你该能看到树上挂着的是个啥了吧？”

没错，当初唐三藏肉眼凡胎，只看到这些果子酷似婴儿，可这一次他早已转世为妖，这树上的哪里是人吃的果子，分明是一个个活生生的孩童！

当他使用法力朝着树根下看时，更是倒吸了一口冷气，这树下面埋着的竟然是一具无名女尸。

第二十五回
怨念果实

如果我告诉你五庄观里的人参果根本就不是普通的果子，而是一条条鲜活的生命，那么，你还敢吃吗？

如果说这棵参天的人参果树，就是天庭和灵山用来夺取凡间众生寿数的工具，这样的真相，你敢信吗？

众所周知，人参果树三千年一开花，六千年一结果，真要等果子彻底成熟，至少要等个近万年，这足以看出人参果是有多么稀有和珍贵！只是这稀有之物，却一直都藏着从上古时期便开始的血淋淋的真相。

要知道，自盘古大神开天辟地之后，在那混沌之中曾经萌生出不少的神秘存在，而人参果树就是其中之一，它的诞生其实就是用来提升众神修为的。只是人有七情六欲，欲望会不断滋生，而所谓的神也是如此！

当年人族和天神从来都是平起平坐，只因人族有人皇庇佑。为此天庭降下封神榜，迫使人皇帝辛彻底陨落，这才开启了抢夺人族气运的新纪元。

可新封神位诸多，仅靠王母的蟠桃园根本无法维持，这才有了佛道之间抢夺人间香火的信仰之争。而这棵人参果树，也被两大势力默认为共同所有。他们都知道，任何一家想要独占，也必然会引起一场三界浩劫。所以最终便找来了既不属于天庭也不属于灵山的地仙之祖镇元子，来建造五庄观镇守人参果树以示公正。

而此刻唐三藏凝聚妖法于双眼，看到人参果树下面的那具尸身，其实就是在这无数年间，由众生的怨念所化。

此时的他才明白，原来自己这三个徒弟里，最凶残的一直都是猴子啊！面对活生生的人参果，八戒当初好歹是一口吞下，可这猴子却是一口一口吃掉的！

这个时候，人参果树上空突然亮起一行金字，镇元子的声音也响了起来："人参果乃是三界极品之物，你师徒四人服用可修为大增，如若不取，此西行一路，终是难逃烟消云散！"

原来，镇元子早就算到，这师徒四人定会再入五庄观，现将这些活生生的人参果赠予他们，以助其破掉这盘天下棋局！

当初四圣下凡试过他们的禅心，而如今又有地仙之祖以万年人参果试他们的决心。

如果唐三藏因怜悯之心，仍不肯服用，那终将难成大事。这自古成大事者从来不拘小节！不然的话，正人君子又怎么会处处受小人牵制？

此刻，唐三藏师徒全都死死盯着人参果，这果子对妖族来说有着致命的诱惑！可谁能想到唐三藏最终还是压下了自己的欲望，仍然选择不肯服用离开这里。

他实不忍吞下这些鲜活的生命，一旁的孙悟空、猪八戒和沙悟净见后也很是无奈。但师徒四人刚离开五庄观没多久后，谁也没有看到，那空中又多出了一行字：你师徒四人不出三十里，必定还会回来！

第二十六回
灵山计谋

天庭道教乃是东方本土孕育而生，早已扎根多年，深入人心。外来教莫说是将其排挤掉，就算是分一杯羹也都做不到。这一点灵山自然清楚，所以，灵山直接以“普度众生，护佑百姓”之名，广收门徒降妖伏魔，敲开了东方这扇大门。

最关键的是，所有门徒不但为众生祈福，更是潜移默化地将西方教文化传授予孩童，盘踞多年，当孩子们长大后自然也就彻底接受。

这样一来，众生哪里还会记得，曾经自己也和天神平起平坐，人族也有着人皇的存在，就连心里天庭的分量也是逐渐变低，这便是灵山高明之处！

此刻，唐三藏师徒四人刚刚离开了万寿山五庄观，没走多久便路过一小小的城镇。唐三藏远远看去，这城镇虽小，但人们熙熙攘攘也算热闹。

只可惜自己师徒四人尽显妖怪本相，为了不吓到百姓，也只好绕道而行。可临近城边时，师徒四人却听见城里时不时地传出诵经声。

唐三藏心想：“自己当初一路宣扬佛法，可也没见到过如此盛行的场面，事出反常必有妖。”出于好奇，四个人全都幻化了人形，走入城内，一探究竟。

只见城镇内人来人往，不时有和尚穿插于人群之中，就连街上玩耍的孩童都在唱着佛歌童谣，这等景象立刻勾起了师徒四人的好奇心。

随后他们在一位老者那才得知了真相。

原来在多年前，这座城镇的上空一直都妖雾缭绕，有不少人在城外都见到了数不清的森森骨妖，一时间百姓被吓得是魂飞魄散，根本不敢出城。

后来，一群僧人来到了此处，在城内教大家修身拜佛以求平安。从那之后，人们确实发现骨妖出现的次数明显少了很多，看来的确是佛祖显灵。而且这些和尚还在这里开办学堂，教穷人家的孩子读书识字，这才有了现如今的景象。

唐三藏听完也是若有所思，而一旁的孙悟空却一语道破天机：“师父，这城镇前方不足二十里正是白骨岭！”

唐三藏听完恍然大悟，原来已经到了此处！

“只是，当初那白骨岭的尸魔白骨夫人已经命丧金箍棒下，如今又是哪来的这些骨妖作祟？”想到了这，师徒四人立刻起身赶往白骨岭。

这众生愚钝，不知光靠吃斋念佛的话，换来的也不过是佛魔共生而已！

到了白骨岭后，只见这岭还如以前一样险峻，那漫天的妖气较之前也是更盛，而且此刻还安静得可怕。

当唐三藏等人刚一踏入岭内，地面疯狂地晃动，无数的白骨从地底下钻了出来，那场面要多瘆人有多瘆人。而这正是尸魔白骨精的白骨大阵。

这时，师徒四人听见岭内最深处响起了巨大的打斗动静，这明显是有人在斗法。孙悟空一看，直接拽出金箍棒，一个横扫打碎了面前所有骷髅，随后踩着筋斗云就飞了过去。

当他睁开火眼金睛，仔细一看，正是南天门增长、广目、多闻三大天王和二十八星宿之一奎木狼疯狂地围剿尸魔白骨精！

第二十七回
四大金刚

当年齐天大圣孙悟空顶着“紧箍咒”的痛楚，一棒打死了白骨精。你真的以为白骨夫人就此烟消云散了吗？

无论是哪个大妖都盘踞一方势力，为祸人间。可白骨精所在的白骨岭，却偏偏距离万寿山五庄观仅仅不足三十里，难道她不要命了吗？而地仙之祖镇元子始终对她视而不见，单这一点就能看出，白骨精的真实身份绝对不简单！

没错，五庄观人参果树下面埋着的那具尸身，其实就是白骨夫人的本像！

距离五庄观那么近，不是她不想走，而是根本就不能走。离开本体太远的话，她也只是一堆枯骨而已。

而白骨精这个由众生怨念所化的邪体，只要本体还在，永远是不死不灭的。但也正因如此，她一身的白骨也成了三界众神眼中的宝物！

此时在白骨岭上，孙悟空亲眼看到，南天门三大天王和奎木狼正在围攻尸魔白骨精。

正所谓仇人见面分外眼红，他知道自己当初一口咬死了持国天王，对方绝不会善罢甘休，自己的结拜兄弟七大圣于南天门生死不明，这笔账对方也躲不掉！

只是这三大天王同时出现在了此处，着实让人觉得有点匪夷所思。

原来，前不久在黄风岭上，黄风怪的那一阵三昧神风直接就刮遍了三界上下，天庭和灵山也自然收到了消息，于是全都派人下界围剿唐三藏师徒四人！

三大天王在得知孙悟空还活着的消息后，根本不等玉帝降旨，就直接下凡寻仇。又因为当初奎木狼化作黄袍怪盘踞在此一带，对此地的地理位置极为熟悉，便也跟了过来。

四人行至一半儿，就发现了白骨精！面对这个集众生怨念的白骨，试问哪个神仙不心动？

于是这才有了现在这一幕。此时，几个人在第一时间全都发现了孙悟空。

只见增长天王手持大剑怒目而视，慢慢说道："妖猴，我就知道你没死！我们几兄弟今天非得给你来个锉骨扬灰！"

孙悟空只是嘴角微微上翘："你们三个杂碎，不会真以为能伤得了我吧？"话音一落，齐天大圣提棒就冲了上去！

增长天王与猴子于空中展开了正面交锋。广目天王的盘龙和多闻天王的银鼠也不再纠缠白骨精，而是飞入半空，死死地盯着孙悟空，伺机而动。

此时，地面上的白骨精早已被三大天王消耗得妖力枯竭，眼下正是逃跑的绝佳时机，她直接化作一股白烟儿消失不见了。

再说孙悟空自流沙河融合了六耳猕猴之后，实力也是大增。使出"身外身"后，一个本尊外加两个分身和三大天王打得如火如荼。一旁的黄袍怪手持追魂夺命刀瞅准了时机，从孙悟空的身后一刀劈下，就在这千钧一发之际，只听"当"的一声，这大刀竟然劈在了九齿钉耙上！

没错，唐三藏、猪八戒和沙悟净终于赶到了。猪八戒看着眼前这个老熟人，战意直接涌了上来，大声喝道："黄袍老怪，你的对手是我，你可别搞错了！"说完，俩人直接开打。

而唐三藏却一直不肯出手，似乎在等待着什么。果不其然，就在两拨人疯狂交战之时，只见天空上一缕金光乍现，灵山佛祖的四大护法金刚也降临了此处！

没错，唐三藏等的就是他们！

这谁能想到，师徒四人在这小小的白骨岭上将要迎来一场生死之战！

第八篇

大战再起

第二十八回
生死之战

当年唐三藏师徒四人全都死在了取经路上，就连白龙马也化作一堆龙骨，散落于灵山台阶上。这本就毫无生机的悲惨结局，却因为除天庭和灵山之外的第三股势力——阴曹地府而发生了惊天逆转。

师徒四人各自轮回历劫之后，又一次面对各路神佛的围剿。这也注定是一场生死之战！

此刻在白骨岭上，齐天大圣孙悟空力战南天门三大天王；猪八戒一旁策应，拦下了黄袍怪的偷袭；唐三藏所面对的却是根本就无法战胜的灵山四大护法金刚。

说起来，这四大金刚正是镇守灵山佛祖门前那四个，金刚者手执金刚杵护持佛法之天神。四人的实力深不可测，灵山既然差使他们出现，那他们接到的法旨也定然是将唐三藏师徒四人斩尽杀绝。

当年大战孙悟空和猪八戒，牛魔王也算是当时明面儿上的妖界第一人，可遇到这四大金刚之后，一时间是胆破心惊，连奋起一战的勇气都提不起来。

当初唐三藏路遇黑河，见水势太猛根本无法渡过，随即想要让八戒和悟空背着他飞过去。可他得到的答复却是：凡人重若丘山，若是驮着覆水，连我也得坠下水去了。由此可见，他的三个徒弟无一人能带他腾云驾雾。

反观这四大金刚，却能带着他直接腾空而起，飞回大唐境内，单从修为上看，确实高出一筹。

唐三藏的内心极为清楚，自己不可能是这四大金刚的对手，但无论如何也要给悟空争取时间，即使是搭上自己的一条命！

眼见场上形势剧变，三大天王哈哈大笑。

增长天王大声喝道："妖猴，就凭你也敢杀我兄弟？"说完，他举起大剑直接劈下，广目天王的盘龙也是一口龙炎喷出，直射孙悟空。

齐天大圣瞪红了双眼，咬牙切齿地回道："你四人也曾在闻太师帐下为人族而战，如今给天庭当了看门狗，怎么还当出优越感了？你兄弟的命是命，我猴子猴孙和六个兄弟的命就不是命了吗！"

话音一落，如意金箍棒爆发出极致的金色光芒，一棒子硬刚在大剑之上。

一声巨响之后，增长天王的巨剑居然被崩裂了剑刃，而金箍棒的巨大挥力还卷起了一阵狂风，将盘龙的龙炎刮得完全熄灭。就这一下震惊了在场所有人！

增长天王一滴冷汗落了下来，这猴子明显和大闹南天门时完全不同，就连定海神针的裂纹也少了很多。没错，无论是混世四猴还是混沌神器，都已合其二，实力也绝不是翻倍如此简单！

可即便如此，增长天王仍旧一脸的胜券在握："妖猴，你确实变强了，但你猜他们有没有你那么厉害？"说完右手直接指向了唐三藏、猪八戒等人。

孙悟空扭头看去，只见四大护法金刚同时出手，一佛光大阵从唐三藏的头顶压了下去。因为修为上的巨大差距，唐三藏这具枯骨之身根本就扛不住。当一声声脆裂的声音响起时，所有人都看到，唐三藏的骨身已离粉碎不远。

与此同时，场上更是响起了狼啸声，与猪八戒对阵的黄袍怪竟直接露出了本相，想要咬死对方。

面对这种绝对的劣势，意想不到的一幕发生了。只见一直重伤未愈的沙悟净将降妖宝杖往地上一插，直接祭出脖子上的九颗骷髅头，下一秒，只见九道金光射进了唐三藏的体内。

金光闪过之后，唐三藏已经化作了金身骷髅！那佛光大阵停滞不前，再也无法压下去半分。

而猪八戒也朝着黄袍怪一声怒吼："今天俺老猪就陪你玩个够!"说罢，露出本相，一头满嘴獠牙的野猪出现在了战场上。

孙悟空嘴角微微上翘，他知道此战必须速战速决，随即又使出一招"身外身"。

当分身出现时，三大天王全都瞪大了双眼。因为他们看到这具分身竟然长着六只耳朵!

第二十九回
局势逆转

比丘国白鹿妖用成百上千个孩童做药引子，还说什么能延年益寿。作为南极寿星的坐骑，他这法子是跟谁学的？

通天河鱼怪，冒充神灵，霸占老鼋的宅子，还要当地村民以童男童女为代价才保他们风调雨顺！

一条在菩萨莲花池养大的金鱼，竟猖狂至此，他天天不听佛经，听的到底是什么？

而最可笑的便是二十八星宿的奎木狼，一个天庭体制内的天兵天将，竟私自下凡为妖，化作黄袍怪掳走了宝象国公主一十三年。被抓回天庭时，他当着玉帝的面儿还说那公主曾是仙女并非凡人，还和自己有过一段私情，他是为了续这一段缘才下的界，这理由是多么的荒唐！

原文记载黄袍怪常饮酒至而傍晚，酒意上涌后便一把抓过弹琵琶的女人一口吃掉，这一举一动和爱情有什么关系？而更荒唐的是，玉帝居然还给他恢复原职，将这段虚假的爱情故事传遍整个三界。

为什么？还不是为了挽回天庭颜面，生怕众生对其表示不满！

这一切的一切，唐三藏师徒四人或许无法改变什么，但那毕竟是曾经。因为现在的他们即将脱胎换骨，苟活于世间的魑魅魍魉也终将遭到审判！

此刻孙悟空于白骨岭上再使“身外身”，立刻惊住了南天门的三大天王。与猴子交手多次的他们还是第一次看到，其分身竟与本尊不同，竟然长着六只耳朵。

增长天王瞪大双眼，猛然惊醒：这难道是六耳猕猴！

还不等众人反应，两个猴子同时出手，两根一模一样的定海神针轰然砸下，增长天王的大剑就像是纸糊的一样，立刻被砸了个粉碎，只听“砰”的一声，这两棍子结结实实地打在了对方身上，增长天王的血瞬间染红了甲胄。

广目天王和多闻天王一看大事不妙，一个祭出宝伞，想要逼退俩猴子；一个操纵盘龙想要带增长天王脱离险地。

但此刻的孙悟空已经杀红了眼，咬牙切齿地说道：“今天你们谁也别想走，全都给我死在这儿！”

话音一落，大圣本尊和分身再次出手，只见六耳分身的举棍狂砸多闻天王，而大圣本尊则张开獠牙，一口咬住了盘龙逆鳞，只见瞬间，这条龙便彻底没了气息。

没了盘龙的广目天王就如同一只待宰的羔羊，这下场已经再明显不过。

这时候，与猪八戒对峙的奎木狼也好不到哪儿去。正所谓“一猪战三虎”，这句话绝非空穴来风，单是这一股子冲撞力，就根本不是他能承受的。

眼看三大天王即将陨落于此，奎木狼一时间竟产生了退意，可也就是这一分神的工夫，猪八戒张开血盆大口直接咬住了对方的脑袋。只听“咔嚓”一声，那狼头被咬了个粉碎！这世间万物，又有什么是猪八戒他咬不碎吃不下的！

直至此刻，战场上敌人的战力也只剩那四大金刚了。师徒几人心里全都清楚：四大金刚才是此一战真正的危险！

只见唐三藏为了抵挡佛光大阵，已经是摇摇欲坠，而这场生死之战也终于迎来了最后的时刻！

第三十回
再生变数

当初唐三藏师徒四人西行，每过一处百姓看似是歌舞升平，但有没有一种可能，其实那些魑魅魍魉一直都在，只是你不知道罢了。

没错，北方多闻天王的那把大伞所护佑的，从来都不是芸芸众生。那真正在伞下被护住的又是什么，你知道吗？

但无论是非如何，只要齐天大圣孙悟空的斗战之火不灭，就一定能铲除三界不公。

此刻，唐三藏师徒四人的生死之战已然接近了尾声，可任谁都知道了，这战斗也到了最危险的时刻：南天门三大天王已被孙悟空彻底干翻，黄袍怪奎木狼也被猪八戒咬了个稀碎。

这战局之所以如此顺利，也多亏了唐三藏的苦苦支撑。面对灵山四大护法金刚，若不是沙悟净当机立断，及时将金蝉子的九世修为打入唐三藏体内，助其成就金身骷髅，此时面对那阵佛光大阵，唐三藏早就已经粉身碎骨。

只是可惜，沙悟净本就重伤在身，也不得其法，只能将九颗骷髅头暂时祭出，当法力枯竭之后，那九世修为仍旧会被迫收回。也正因此，唐三藏还无法发挥出真正的金蝉法诀！

可就在那佛光大阵一点一点压下的时候，四大金刚竟突然撤去了佛光大阵。

只听为首的一位金刚说道："金蝉子，你何必苦苦反抗、寻求真相。说起来，当年佛祖应邀前往天庭降伏孙悟空，等再回灵山之后，所做一切却与之前是判若两人。毕竟佛祖法旨决不可违逆，我等也是奉命行事，你莫要怪罪我们！"

说完之后，这金刚再次出手，一道佛法精纯的法印拍在了唐三藏身上。下一秒，九颗骷髅头全都从其身上散出，他已铸的金身也一点一点地消散。

眼看大事不妙，猪八戒立刻化回原形，打算凝聚天地法力开启天蓬真身。

只是他的意图早被四个大金刚看穿，四人嘴里不知念的是什么咒语，天空上多年未散的乌云竟打开了一条缝隙，一束金光也顺势照了下来。当众人抬头一看，发现这竟是一口由佛光凝聚而成的大钟！

唐三藏、猪八戒和沙悟净全都被罩在其中，一时间根本无法凝聚法力。况且由于三人皆是妖身，在那佛光大钟之内，他们痛苦的神色也表明已经到了生死攸关的地步。

而这时候齐天大圣再出惊人之举，他与那六耳分身同时拽下自己的猴毛用力一吹，漫天的猴子举着棍子从天而降，你根本无法想象，成百上千的猴子同时攻击一处的可怕。

只听"咣"的一声，那金钟果然被砸出了几道的裂缝。四大金刚见此一幕，眉头皆是一皱：这猴子的妖力果然已经大增。四人二话不说，同时出手，于孙悟空左右两侧同时出拳袭来。

眼看四大金刚即将到达自己面前，孙悟空直接收回了六耳分身，将妖力合为一处，举双臂硬刚对方，还真是好一个"双拳力战四手”！只听一声巨响，白骨岭剧烈摇动，乱石横飞。

当尘土散去，才发现孙悟空的双腿在巨大反震之下竟然深陷地面之中。由此可见，这次对拳的可怕程度是有多么的惊人！

但谁能想到，这看似势均力敌的一次交手，孙悟空的左臂竟然开始不停地颤抖。原来孙悟空融合六耳猕猴之后虽然妖力大增，可对方缺失的那条手臂也成了他唯一的弱点。眼下，这四大金刚已然发现了这个弱点，若这四人联手再出一击的话，孙悟空必败！

但就在这千钧一发之际，之前已经隐匿逃跑的白骨精竟然返回了战场，还化作一股白烟植入大圣的左臂之内！

同一时间，白骨岭上阴风四起，哀嚎声不断，地面更是裂开了一条深渊。只见十殿阎罗携四大判官、黑白无常、牛头马面等拘魂使者从深渊处走了出来。

这一幕也为这场战斗迎来了巨大的变数！

第三十一回
十殿阎罗

这是一场难得一见的场面：阴曹地府十殿阎罗携四大拘魂使者重现人间，只是为了护住处在生死一线的唐三藏师徒四人。地府竟然不惜一切代价，甚至站在了天庭与灵山的对立面！

也就是从这一刻起，这个隐藏在深处的三界第三股势力终于浮出了水面。

随着尸魔白骨精牺牲了自己，融入了齐天大圣的左臂之后，这场上位者之间可笑的佛道之争也逐渐演变成了三界大战。

没错，无论是人是神，是妖是佛，谁都无法独善其身。三界这盘大棋如不破局，最终必是死棋！

随着爆出一道的白光，孙悟空只觉得左臂无比的炙热，紧接着又有一股寒冰刺骨的感觉滑过。

在那一瞬间，他似乎听见了众生的哀嚎，也感受到了众生的愤怒。多少年来，这个由无数怨念所化的白骨，藏着多少枉死之人，又藏着多少饱含冤屈而不甘之魂！

原来就在白骨精逃离战场，想要躲起来的时候，后土娘娘的声音传进了她耳朵里："尸魔白骨，你觉得你还能逃多久？你的本体就在五庄观，你根本就逃不出三十里。就算逃了出去，像你这种毫无背景的妖怪，哪里又能容你？"

白骨夫人停了下来：是啊，自己还能跑到哪里？今日逃了，明日呢？还不是成为上位者炼制法宝的材料！

这时后土娘娘留下了最后一句话："你本就是由众生所化，众生的心你比任何人都懂。唐三藏等人此刻遭遇大难，你若袖手旁观，他日谁会为你摇旗呐喊，望好自为之！"之后，声音逐渐远去直至消失。

至此，愣在原地的白骨夫人才想通了，做出了最终的决定，也就有了现在的局面。

此时孙悟空、灵山四大金刚和十殿阎罗三方对望，谁也不敢轻举妄动，形势很是微妙。出于试探，四大金刚开口说道："十殿阎罗，此刻出现不知为何？我等奉如来法旨，降妖伏魔，尔等最好速速离开！"

话音一落，谁能想到，十殿阎罗的第五殿阎罗王包拯，上前一步，大声地回道："巧了，我等也是奉法旨保唐三藏西行，你说这事儿该怎么办呢？"

此话一出，四大金刚身上的杀意涌现，场上顿时剑拔弩张！

孙悟空也看明白了一切：此时不动手，更待何时！他拽出金箍棒，直接再次冲向佛光大钟，再晚一步，师父和师弟们可真就烟消云散了。

四大金刚见此一幕，立刻想要阻拦。这一次四人竟然祭出了佛家至宝——金刚杵！要知道这金刚杵可是佛家至宝，从来都是所向无敌，无坚不摧，世间能与之抗衡的法宝也是屈指可数！

眼看巨大的金刚杵就要砸下，十殿阎罗终于动了。只见漫天的阴魂不断地在空中盘旋，地府法宝孽镜台、勾魂笔和生死簿等全被融合在了一起，带着六道轮回之力直接撞向金刚杵！

地府和灵山之间的较量也终于拉开了帷幕！

第三十二回
以心证道

这世间所有人，但凡提到十殿阎罗，全都谈之色变，内心总会生出莫名恐惧。可众生哪里知道，阴曹地府的十大阎王只惩罚作恶之人，对于芸芸众生，这个令人闻风丧胆的所谓地狱，或许才是极乐世界。

没错，世间神佛妖魔，纷争不断，最终只有得众生之心者，才有资格得三界霸权！

此刻十殿阎罗同时祭出六道法宝，硬刚灵山四大金刚的金刚杵！谁能想到，两件至宝在相撞的瞬间，竟然爆发出了上古洪荒之力！要知道，自人族与神族那一次封神大战之后，这等场面就再也没有出现过。

只见白骨岭的上空乌云密布，雷鸣闪电。光芒万丈的金刚杵不断地往下压，这件向来以霸道著称的神器，果然名不虚传。

眼看十殿阎罗的合体法器已成不敌之势，变数发生了，只听一声声愤怒的嘶吼声从地底深渊处传出，无数阴魂不断地蹿出来，化为六道之力全部涌入法器。

那疯狂的场面简直让人头皮发麻，但不知为何，却又隐隐让人感觉激动万分。随着无数阴魂的不断融入，一时间两大神器还真就成了僵持之势。

一旁的齐天大圣孙悟空早已经击碎了佛光大钟，将唐三藏等人全都救了出来。望着战场上尚不明了的战局，又看了看自己手中的如意金箍棒，以及隐隐发光的左臂，孙悟空淡淡地说道：“今天我倒要看看，你灵山的金刚杵到底有多硬！”

话音一落，孙悟空原地暴起，当他抬起左臂的时候，更有无数阴魂伴其左右，不断地将力量放大！

没错，他的左臂承载的就是众生的愤怒！

只听一声巨响，原本金刚杵上庞大的纯净佛力被击了个粉碎，而同一时间，定海神针不断变大，一根通天大柱朝着金刚杵就砸了下来。在失去佛力加持的情况下，这件佛家至宝直接从天上掉了下来。

眼看形势急转，还不等金刚杵落地，唐三藏原地盘膝而坐，以佛法引导，竟然能将金刚杵无限变小并收入囊中。

这件法器本就是灵山四大金刚的本命之物，孙悟空那一棒子击碎的不光是佛力，还有他们之间的联系。四大金刚同一时间全都喷出了一口血，显然是受到了重创。

战局大势已去，四人毫不犹豫，直接退走，返回了灵山。

当白骨岭再次趋于平静，阎罗王包拯走到唐三藏面前，说道：“此难已除，我等即刻回地府复命，后面的路会更加凶险，你师徒四人好自珍重！”

唐三藏微微点头，并未作声，目送十殿阎罗离去。师徒四人此刻都知道，这趟西行之路已经越加的复杂，天庭和灵山连续几次失利之后，必将卷土重来。

这时他突然想起五庄观的镇元大仙，眼看自己和八戒、悟净均是重伤，唐三藏决定先回五庄观休养一阵再行上路。就这样，师徒四人再次踏入了五庄观。

可这一次让师徒四人感到震惊的是，那棵挂满了孩童的人参果树一直散发着金光，每一个孩童居然都洋溢着灿烂的笑容。

树根下埋着的那具女尸，也换作了一个少女的模样。在她的引领下，整棵大树化作了点点金光散落在师徒四人的身上！

唐三藏等人都知道，从这一刻起，他们承载着的，不是仇恨，也并非怨念，而是众生的希望！

第九篇

乌鸡国

第三十三回
众生劫数

当年文殊菩萨化作普通人前往乌鸡国传教，却没想到被乌鸡国国王一口回绝。为什么？乌鸡国多少年来风调雨顺，百姓安居乐业，根本就不需要所谓的神佛庇护。

为此，乌鸡国国王甚至将文殊菩萨扔到了护城河里淹了三天三夜。最后还是巡逻的六丁六甲经过，才把文殊菩萨给救了出来。

说到了这里，你一定觉得很奇怪，灵山四大菩萨之一的文殊菩萨怎么会那么弱，居然被一群凡人压制？

其实，这一切早就是灵山安排好的剧本。从乌鸡国国王拒绝灵山传教的那一刻起，乌鸡国的悲剧就已经注定！

因为不久之后，乌鸡国突遇大旱，庄稼颗粒无收。这国王本也是贤德之君，奈何不知是被哪位高高在上的天尊所安排，乌鸡国就是见不到一丝雨露。任凭乌鸡国国王祷告玉帝，还是祷告如来，根本就没用！

眼见一国百姓即将尸横遍野，不知从哪里来了一个道士，这道士神通广大，呼风唤雨，国王大喜之下便与之结为了兄弟。再往后大家都知道，这道士将国王推入井中，将其害死。

这道士不是别人，正是文殊菩萨的坐骑青毛狮子精。随后他假扮国王多年，竟然从不做伤天害理之事，甚至还将乌鸡国管理得井井有条。

这明显不合常理，细想一下，这背后却藏着让人细思极恐的局！

没错，青毛狮子精就是受灵山之意才来到了乌鸡国，而他的任务并非通过残害百姓，再由灵山出面降妖来俘获众生对灵山的尊崇。其实，灵山是想要他彻底控制乌鸡国一国之人，将他们全都变成自己圈养的香火！

唐三藏师徒四人刚刚大战灵山四大金刚，元气大伤，在回到五庄观后竟再得奇遇，那棵存在了不知多少年的人参果树化为无上的修为散落于他们身上。

唐三藏知道，自己一直以来都把这条西行之路想简单了，再往西走，恐怕只会更加凶险。三大天王陨落白骨岭，四大金刚痛失本命法宝金刚杵，事关天庭与灵山的颜面，对方绝不可能就此罢休，下一次他们要面对的还不知道会是怎样的存在！

五日之后，师徒四人再行上路。四大天王遗落的法宝也全被收在了沙悟净的行李之中。

行不多日，师徒四人越过平顶山，直接来到了一座城前。这城唐三藏再熟悉不过，正是乌鸡国。说起来，当初在乌鸡国的经历让唐三藏最为记忆深刻，只因为那乌鸡国国王的遭遇与自己生前父母的遭遇极其相似！

可这一次师徒四人猛然发现有点不太对劲，这乌鸡国里面有点安静得可怕。这等诡异的场面，自然逃不过齐天大圣孙悟空的法眼。

只见孙悟空立刻使出七十二般变化，化作小鸟想要飞入城中一探究竟。可没想到，整座城池四个方向全都被一道佛光屏障给罩住，一只苍蝇都飞不进去。

没错，整个乌鸡国早就不允许百姓随意进出了。

得知这一切，唐三藏知道，看来这乌鸡国又出变故了。

果不其然，在同一时间，城墙上走出一队巡逻的人马。唐三藏抬头一看，眉头大皱。因为他看到，这队人马根本就不是人，而是妖！

第三十四回
万魔齐聚

当年唐三藏师徒四人离开这里之后，怎么也没有想到，乌鸡国一国之人会再次遭遇毁灭性的灾难。而他们更没有想到的是，时隔多年之后，物是人非，方圆几百里的大妖全都盘踞于此。

师徒四人这一次可谓是九死一生！

当唐三藏得知，这乌鸡国偌大的城池，连只小鸟儿都飞不进去的时候，他知道这城里必有变故，看到城楼上来回巡逻的小妖更是确定了这一点。

好在师徒四人现在全都是妖，一身的妖气于此地并不突兀，一时间也没有被对方发现。孙悟空随后使了个神通就收拾了小妖，师徒四人因此假扮巡逻队混入城中！

只见这城里，家家闭户，毫无生机，偶尔听见孩童的哭闹声，也会戛然而止。这分明是百姓不敢随便传出动静，生怕招来杀身之祸。

唐三藏等人费尽了功夫才在一老者那打听到了原委：原来乌鸡国国王死而复生之后，因为感激唐僧的救命之恩，遂在全国大力推修佛学，修建寺庙。多少年间，佛教在百姓心中的地位逐渐升高，直至那一天，发生了逼宫事件！

一群妖怪混入百姓群体，大肆宣扬“国可无帝王，但不能没有灵山庇佑”一说，最终百姓们一呼百应，乌鸡国国王饮恨自尽于皇宫大殿上。

但让所有人都没想到的是，此事件终了之后，这群妖怪原形毕露，不再遮掩。一时间一国的百姓全都被管控了起来，叫天天不应，叫地地不灵！

无论是哪个国王，皆是天庭下旨授命，没了国王，百姓的呼声根本就传不到凌霄宝殿之上。而乌鸡国的悲剧也同样发生在了不远处的车迟国！这就是众生的无奈啊！

唐三藏听完，突然想了起来，当初乌鸡国大旱多年，可不远的车迟国却风调雨顺，安然无恙！这全是因为车迟国有三个妖怪国师在，说起来这三大国师也就是虎力、鹿力和羊力大仙，皆是道家弟子，只拜三清。

可一场斗法之后，三个道家国师命殒当场，整个车迟国都开始不尊道法，改崇尚佛法，所以现在的结局也就可想而知了。

就在唐三藏若所有思的时候，整个天空都暗了下来，一只大妖出现在了师徒四人面前。唐三藏抬头一看，此妖正是文殊菩萨的坐骑青毛狮子精！

只听对方说道：“我就知道你们会来这里，我可等了好几天了！”

孙悟空提着金箍棒往地上一戳，嘲笑道：“我说你这个阉货，自己几斤几两，心里没数吗？文殊菩萨不在，你猜这一回我能不能打死你！”

此话一出，原本武力平平，只是善使变化之术的青毛狮子竟无一丝畏惧之色。同一时间，他身后处又蹿出几个身影，孙悟空定睛一看，也是有点出乎意料！

因为这走出来的几个大妖全都是老熟人，带着紫金铃的金毛犼、提着大锤的鲤鱼怪和曾被哮天犬咬掉一颗头的九头怪皆在此列，甚至还看到了灵山八部天龙！

直至此刻，唐三藏师徒四人才算是明白，对方是有备而来的，如不出意外，灵山很可能已经安排了菩萨即将降临此处！

这时孙悟空提着棒子上前一步，大声说道：“事已至此，咱也不必废话了！俺老孙今儿个就陪你们战个痛快！”

第三十五回
一战到底

当年六耳猕猴代替孙悟空西天取经，无论是遇到金毛犼的法宝紫金铃，还是遇到黄眉老怪的金铙，均不是对手。

而如今，齐天大圣归位，在乌鸡国这个地方再遇老对手，你猜这胜负又当如何？

此刻，万魔齐聚乌鸡国，不知从何处突然冒出了无数大小妖怪，一时间可谓是杀声四起，妖气漫天！

唐三藏看着眼前这一切，心里也是大惊，真的很难想象，乌鸡国一国的百姓是如何生存下来的，而这景象，天庭又为何不管？

孙悟空却根本没有废话，提着棒子直冲观音菩萨的坐骑金毛犼。他依稀记得，此妖武力并不惊艳，只是他腰上挂着的法宝——紫金铃过于逆天。

此铃铛乃是道德天尊太上老君所炼制，一晃生火，二晃生烟，三晃飞沙走石。仔细想来，太上老君炼制的宝物就没有一件不厉害的。

同一时间，各路妖魔群起而攻之，猪八戒提着钉耙大战通天河鱼怪，沙和尚也与九头怪战在了一起，唯独唐三藏与灵山八部天龙中的夜叉与大蟒蛇神还不曾出手。

孙悟空眼见妖怪太多，生怕牵连城里百姓，在与金毛犼交手的瞬间，直接借力绕到其身后。只听一声大喝，无数猴子从天而降，乌鸡国朗朗乾坤，一时间如同黑夜，喊杀声、嘶吼声不断，金箍棒下的亡魂也是不计其数。

虽同为妖族，但这群妖为了一己私欲，甘愿做灵山的一条狗，为非作歹。在孙悟空的眼里，他们根本就没必要留在世上！

这一幕，也让身后的金毛犼大为恼怒。可还没等他再度出手，孙悟空回首一棒子就砸了过来，金毛犼躲闪不及，下意识拿出了紫金铃挡在面前。

这两件全都出自太上老君之手的宝物在相撞后，因为孙悟空力量巨大，金毛犼被打出了几十米远。此时他心里也是暗惊：多年不见，这猴子怎么厉害到了这地步？

这个狡猾的大妖心中顿生一计，只见他摇晃一下紫金铃铛，一条火龙顺势冒出，直射不远处的民宅。这高温之下，甚至空气都被燃烧地扭曲了。

孙悟空一看，立刻蹿了出去想以自己的身体挡住火焰。但没想到这火龙于半空中突然就变成了一股浓烟，全都拍在了孙悟空的火眼金睛上。

大家都知道，这火眼金睛能视万物，甚至不惧三昧神火，却唯独怕烟！

孙悟空的火眼金睛一时间还真就无法睁开了。眼看计谋得逞，金毛犼提刀直上，想要来个侧面偷袭，可他还是小瞧了现如今的齐天大圣。

只见孙悟空虽双眼紧闭，但攻守有度，对金毛犼的一举一动全都了如指掌。这时，对方才发现，孙悟空不知何时露出了六只耳朵。

没错，在融合六耳猕猴之后，其能力也完美地被孙悟空融合在了一起！战场虽乱，可任何人的举动皆逃不过这双耳朵！

此时，一旁的猪八戒也是越战越勇，直接在原地开启了天蓬真身，雷云涌动，数道天雷劈下，躲闪不及的各路妖怪全都被轰成了灰。他的九齿钉耙也是一通乱砸，天神降临，万妖莫敌，通天河鱼怪的半个身子都被砸进了地里。

这时候灵山八部天龙的夜叉和大蟒蛇神终于出手了，唐三藏也同时祭出金刚杵并冲了上去。随着场上所有人全部加入战局，这场万魔之战一触即发！

可也就是这一幕的出现，整个乌鸡国注定将成为一场悲剧！

第三十六回
时机将至

你知道满级的唐僧到底有多厉害吗？当金蝉子的九世修为全部归位之后，其实力足以对抗灵山四大菩萨，随着唐三藏师徒四人的不断变强，碎凌霄踏灵山之日，已然不远！

此刻乌鸡国的混战，看似是唐僧师徒陷入险境、中了埋伏，实则是他们四人包围了这群大妖。面对孙悟空和猪八戒，一时间众妖竟然连还手之力都没有了。

猪八戒手持九齿钉耙早已杀疯了，通天河鱼怪已经被打得半残。而一旁的九头怪本来还和沙悟净战得有来有回，可一个失神，背后的九齿钉耙直接拍了过来，钉耙上的九齿是一个不落，他那几个脑袋也是照单全收，当场被打出原形，死在地上！

而唐三藏的妖佛之力，竟也隐隐地在灵山八部天龙之上。毕竟八部天龙中，只来了夜叉和大蟒蛇神两位，如果阿修罗、迦楼罗等八部齐聚，这一战还真就不好说了。

眼看场上大势已去，观音菩萨的坐骑金毛犼已经慌了神，在恐惧和愤怒的促使下，金毛犼居然丧心病狂地打算让整个乌鸡国陪葬。

只见他嘴里念念有词，一条未知的咒语从他嘴里传出，随后紫金铃直接飞上半空，不断变大。下一秒，无数条火龙从天而降，同时还伴大量的毒烟。

当一股暴躁的龙卷风卷起后，这毒烟直接就从乌鸡国正中央开始扩散。这风、这火、这烟本就非凡间烟火，在场所有人一时间根本睁不开眼。

等妖风散去，唐三藏师徒四人抬眼一看，惊在了原地。

此刻，整个乌鸡国竟都被夷为了平地！这紫金铃果真是三界至宝，威力竟如此骇人，也只可惜了这一国百姓。

孙悟空红了眼眶，若早知有今日之变，当年就应该一棒子打死这群畜生。这一刻，孙悟空的杀气直冲云霄，就在他动手之前，天空一道祥光射了下来。

竟然是文殊菩萨降临了此处！唐三藏等人明白，对方这是要保自己和观音菩萨的坐骑——青毛狮子精和金毛犼。

果不其然，随着金光照过这一片大地，他们师徒四人感觉浑身无法动弹，这股威压强悍而霸道。

岂料孙悟空的左臂顿时阴魂四起，这本就代表着众生愤怒的白骨竟然凭众生之力，短暂地让孙悟空摆脱了压制。孙悟空一看也是没废话，就当着文殊菩萨的面儿，一棒子砸死了这两个妖怪。

此时夜叉与大蟒蛇神立于菩萨身侧，而文殊菩萨虽然一言未发，但也难掩心中怒气，那股子佛光威压再次加强，猪八戒和沙悟净一时间全都半跪在地上。

这股子压力之大，就连沙悟净脖子上的九颗头骨都慢慢粉碎，消失殆尽。

可也就是这一变故，金蝉子的九世修为被完全释放了出来，唐三藏下意识地全部接收到体内，下一秒，他竟然奇迹般地长出了金色肉身！

唐三藏闭上双眼，盘膝而坐，不知道念的什么经，天空一片乌云之上，突然降下巨大的手掌直接拍向了文殊菩萨。

当一阵耀眼的白光闪过之后，竟出现了惊天逆转：师徒四人睁开眼一看，已经各自身处不同的地方。

猪八戒身落女儿国境内，孙悟空落入地府十九层地狱冥塔之前，而出现在唐三藏和沙和尚面前的却是黄眉老怪的小雷音寺！

随着这一幕的出现，后土娘娘法旨也同时降下："时机将至，点兵十大阴帅，准备助唐僧师徒攻入天庭！"

第十篇

女儿国

第三十七回
女儿国真相

你真的以天下最凶险的地方是灵山脚下的狮驼岭吗？在三大魔王的控制下，狮驼岭八百里尸横遍野的惨相或许能给你最直接的感受，但其实西梁女儿国才是最恐怖的。

因为整个女儿国全都是邪魅妖魔！

当初唐僧师徒喝下子母河水，不到半个时辰，就开始腹痛，似有胎动，大惊之下，找到了子母河边的老婆婆家里求助。待悟空去取落胎泉水之际，老婆婆主动解释道："你们还真是有造化，来到了我家。我家四五口人，全都上了年纪，故此不肯伤你们。若是去了第二家，恐性命不保。"

结合师徒四人进入女儿国后的所见，可知这女儿国并非没有来过男人，而且还来过很多，只是这些男人后来去了哪里？细想这背后的真相，真是让人不寒而栗！

至于那国王所说："我国中自混沌开辟之时，累代帝王，更不曾见个男人至此！"要真是没见过男人，这女儿国的国王为何初次见到唐僧之后，第一反应不是惊讶，反而是心生欢喜呢？

以上种种迹象表明足以说明，这西梁女国绝非简单的温柔乡，其背景以及背后的势力不容小觑，即便是灵山也不敢轻易招惹！

师徒四人于乌鸡国遭遇大难，却莫名其妙地各自皆获机缘！

此时孙悟空身处十九层地狱，唐三藏和沙悟净落在了小雷音寺，而猪八戒却好巧不巧地站在了西梁女国的城门前！

这猪八戒自离开高老庄后，对天庭的不公与仇恨，甚至让他忘记了自己鏖战之法的修炼。当女儿国一阵一阵的女人香飘进他鼻子里时，久违的感觉涌了上来。

可就在这时候，几束金光从女儿国上空飞了出来，猪八戒抬眼一看，这几人正是当年自己在天庭的老熟人。

要知道，他掌管天河水兵多年，天庭的同僚也认识不少，只是此刻他很奇怪，这几人怎么会从女儿国里出来？

都说猪八戒才是取经队伍里最聪明的一个，这个精于算计，对人性了如指掌的天蓬元帅立刻想到了什么。

说起来，这女儿国本就奇怪，整整一国的人，愣是一个男孩儿都没有生出来！

而且当初猪八戒就奇怪，三界中大部分妖怪都认为吃了唐僧肉就可以长生不老，可只有极少妖怪才知道，必须要等唐三藏动了凡心，佛心动摇之后再食用才有效果。

这女儿国国王与那少数妖怪一样，执意与自己的师父成亲，看来也是知道真相的。但是，这真相她又是从哪里得知的呢？看来，这女儿国国王必然与天庭众多上位者来往亲密。

说起来，蝎子精蜇了如来之后，躲到了女儿国不远处避祸。可谁能想到，在西梁女国的庇护下，就连灵山也没敢直接派人招惹这里，摆明了是不想得罪各路神仙！

猪八戒此刻将这一切的一切都串联一起来后，他非常确定，这女儿国就是天庭众神的享乐之地！

第三十八回
鏖战之法

当年，猪八戒在盘丝洞附近发现了正在洗澡的七个蜘蛛精后，你真的以为他什么都没干吗？如果真的如此，这七个妖精在濯垢泉里又怎么可能会精神倦怠、浑身无力？

这个老猪之所以色胆包天，敢在西行路上屡屡破戒，也是全拜自己的鏖战之法所赐。

众所周知，这鏖战之法乃是三界之中最为逆天，可谓鏖人人死，鏖神神灭！而猪八戒说是偶遇仙人所得，他明显就是在隐瞒自己师父的真实身份。

关于猪八戒的成仙经历，曾提到："得传九转大还丹，工夫昼夜无时辍。功圆行满却飞升，天仙对对来迎接"。因此，猪八戒的成仙与九转大还丹有很大的关系。

放眼整个三界，能炼此丹者好像只有太上老君一人，正因如此，大家都猜测太上老君就是猪八戒的师父。其实不然，毕竟太上老君可不会鏖战之法。当初为收服在平顶山的金角大王和银角大王，从猪八戒与太上老君相遇的情形，可明显看出二人在天庭仅仅是相识而已。

要说他师父的真实身份到底是谁，应该是传说中的东华帝君。东华帝君也是唯一一个除太上老君之外，能炼制九转大还丹的大神。更重要的是，这个东华帝君可是鏖战高手。

大家都知道，八仙过海的吕洞宾可就是他的转世。从当初吕洞宾三戏白牡丹就能看得出来，其鏖战之法即使是转世之身仍旧逆天。

高老庄的高家小姐自不必多提，单说四圣试禅心之时，孙悟空一眼便认出了骊山老母的身份，而猪八戒却觍着脸想要留下来入赘。最可恨的是，还贪得无厌地想要把人家母女全都收了，难道他没有看出对方的身份吗？

当然不是，其实猪八戒也认出来了，只不过这色字头上一把刀，一时间迷住了心窍。鏖战之法本就是采阴补阳之术，这与凡人修或是与神修，功效自然不同。

最关键的是，猪八戒并非东华帝君，这鏖战之法他也无法做到控制得收放自如。

此刻面对阵阵飘香的女儿国，猪八戒这憨货终究还是迷失了自我。当猜到这西梁女国其实就是众神仙的享乐之地时，他是越琢磨越兴奋！直接使出“天罡三十六变”，化作了凡间男子，走了过去。

说来也巧，当女儿国城下的巡逻队发现有男人走过来时，一个个全都大喜，这不是羊入虎口吗？二话不说，只见一队女兵直接拿住了猪八戒进到城里。

由于女儿国管理制度森严，每次天庭有神仙来享乐时，皇宫内总是歌舞升平、好不快活。但底层想一尝那滋味，可谓是可遇不可求。

故此，那女兵队长瞒着消息，并未上报，而是直接将猪八戒带到了自己家里。可她哪知道，这入了虎口的可不是对方而是自己。

傍晚时分，惨叫声连连，周围几十户人家全都听了满耳，一时间也全都心痒难耐，这情况连续了三天三夜，到了第四天，那女兵再无声响。

当然，这消息最终还是传入了皇宫内院。女儿国国王乍听之下也是一惊，此等战力就算是神仙也没几个做得到，何况还是一个凡人，随立刻差人将其押进宫里一探究竟。

可此时这国王还不知道，这举动，正中了猪八戒的下怀！

第三十九回
祸起西梁

当年七仙女在蟠桃园被孙悟空定住之后，你知道她们都经历了什么吗？你知道这七个仙女的下场有多悲惨吗？

而你更不知道的是，猪八戒在盘丝洞看到洗澡的七个蜘蛛精后，直接化作一条大鲇鱼钻入水中。猪八戒之所以在这里破了戒，也全是因为中了孙悟空的借刀杀人之计！

当初唐三藏师徒四人路遇盘丝岭，唐三藏因主动提出前去化斋而误入盘丝洞，被捉了正着。而孙悟空见其久久不归，便漫山地寻找，最后唤出此一带的土地爷才得知了真相。

通过土地的解释，才知："此山有一洞名为盘丝洞，洞里有七个妖怪，乃是蜘蛛精，常出现在附近的濯垢泉中！本来这濯垢泉原是天庭七仙女的浴池，可不知为何，仙女们突然间就再也没有出现过。而不久之后，就来了七个女妖精霸占了这里。"

七仙女在不知有蜘蛛精霸占濯垢泉的情况下，突然间就再也不来了。原来这七个仙女被贬下了凡间做了妖怪！而被贬的原因也全是拜孙悟空所赐。

当孙悟空找到濯垢泉，发现了七个蜘蛛精后，拥有火眼金睛的他一眼就认出了对方身份，化作了老鹰叼走了对方的衣服，将七个蜘蛛精困在泉里，然后喊来了猪八戒。

因为孙悟空知道，老猪这货色胆包天，鏖战之法也极容易失控，把他找来就是为了借其之手，杀人灭口！

而猪八戒也算是不负“他望”，见到七个女妖之后，果然是顿生歹心，直接化作大鲇鱼一头钻进水里。在大功告成之后，猪八戒刚一上岸就凶性大发，举着九齿钉耙就要将蜘蛛精们打死其实也是为了掩人耳目，毕竟这事儿要是让师父唐三藏和如来佛祖知道了，那还得了！

说到了这里，试问谁不感叹七仙女的悲惨，前因孙悟空被贬下凡间做了妖，又因猪八戒后丧了命！

猪八戒的鏖战之法唯一一次接近失控的一回，便是喝醉了酒，戏耍嫦娥仙子那一回。至于完全失控之后到底是个什么样儿，却机缘巧合地在西梁女国里即将出现。

此刻猪八戒化作了凡人模样混入女儿国，扰了十里八乡三日清静之后，这消息终于传进了女儿国国王的耳朵里，转日一早，一大队皇宫卫兵亲自来捉拿猪八戒。

当打开房门之后，房间里的景象是惨不忍睹，除了猪八戒之外，也只有一只现了原形的魅魔瘫在地上，此刻显然是已经没了气儿。

在前往皇宫的路上，女儿国大街小巷一时间全都挤满了人，这群邪魅根本就见不着几个男人，而这次出现的这个还如此的勇猛，试问谁不好奇？

猪八戒左右看去，只见家家户户虽看似幽香恬静，实则一直都飘着人肉味儿。城里每个人腰间挂着的人肉香袋儿。

只是，所有人都不曾发现，猪八戒的眼睛已经闪烁着妖异的红光！

不多时，一行人来到了皇宫大殿之上，猪八戒抬眼看去，当看到女儿国国王之后，虽曾见过一次，可如今仍旧是看得愣住！

这国王，断绝代风华无处觅，唯纤风投影落如尘，虽略有妖意，却未见媚态，妩然一段风姿，最是那回眸一笑，万般风情绕眉梢。

眼见大殿上这凡间男子眼神如此不敬，左右女兵大声呵斥："见我国王，你为何不跪？"

猪八戒泛红着双眼，慢慢地抬起了头，两只硕大的耳朵也随之现出了原形，然后慢慢说道："今天你西梁女国这地界，俺老猪包了！"

第四十回
女儿国终章

你知道唐三藏在女儿国那一次，他到底有多凶险吗？若不是蝎子精夜闯皇宫，掳走了他，恐怕这世间将再无取经人！

那女儿国国王看似是顾盼生辉、撩人心怀，可谓是风华绝代。但又有谁知道，她不过是被天庭上位者所控制的一个工具而已。凡间男女唾手可得的所谓爱情，在她的眼里确实那么虚无缥缈、遥不可及！

凑巧的是，女儿国一国的悲剧却因为猪八戒的到来意外地走向终结。

此刻在女儿国的皇宫大殿上，众女兵见猪八戒如此不敬，大声质问其为何不跪。可谁想，猪八戒的两只扇风大耳直接就现出了原形，这长嘴獠牙、红眼黑鬃的模样一出现在大殿上，西梁女国在场的众文武皆是一惊。

她们虽是一群邪魅妖魔，可仍旧是一介女流。哪里见过这等场面，只听猪八戒大声喝道："我当年好歹也是天蓬元帅，你们却要我跪，你们也配！"此话一出，众人皆是大怒。

但谁都没有发现，女儿国国王的眼睛里出现了一抹复杂的神色。

眼看着猪八戒就要大闹女儿国皇宫之时，几道金光降临了此处，这来的正是天庭的几位神官。看着手持九齿钉耙的猪八戒，对方几人嘲笑道："我当是谁，这不是咱们的天蓬元帅吗？不过，你早已经是玉帝的弃子，你心里难道就没点数吗？女儿国就不是你能踏足的地界！"

对方这话还没说完，猪八戒将九齿钉耙往地上一戳，一阵妖风突然散开，他直接回怼道："你们这群天庭杂碎来得，俺老猪为何就来不得？早知道这西梁女国就有问题，哪个国家没有战乱？哪片净土没有妖魔作祟？若不是背景通天，这里怎可能天天歌舞升平？倒不如把你们全变成我鏖战之法的养料！"

说完猪八戒直接动手，朝着那几个神官一耙子就砸了下去，当场就打废了一个。而对方也算反应迅速，各自掏出法宝与之对战。

同一时间，西梁女国所有女兵疯狂地往皇宫大殿涌来。因为知道猪八戒实力不俗，这群女兵根本不敢怠慢，全部现出了妖魅原形。

可他们哪知道，就这一下，猪八戒更兴奋了，只见他抡圆了耙子让几大神官命丧当场！完事儿直接在天上祭出了一个神秘的黑洞，此黑洞不是别的，正是鏖战之法的根本！

在众人还未作出反应之际，一股强大的吸力扑面而来！随着一声声的惨叫，不少女兵直接就被吸了进去。而此时的猪八戒血红着双眼，明显已经失控。那黑洞一点一点地不断变大，不消片刻便将整个女儿国都笼罩其中！

而此刻正在大殿上的女儿国国王却神情淡然地看着眼前发生的一切。不知为何，她突然感受到了一丝从未有过的解脱。

是啊，多少年了，她也好，这一国的百姓也好，又何曾感受过自由！她清楚地记得，自己从小就被关在一个小小房间里，每天被逼着不断学习各种技能，稍有怠慢，挨饿挨冻事小，甚至还会遭到一顿毒打。虽说如今做了一国之主，可那又如何呢？她什么都做不了，也改变不了。多少年来，又有哪一天是为了自己而活？

此刻她想到了唐三藏，想到了那一天的秉烛夜谈。女儿国国王双目起雾，瞬间泪如雨下，她看着失控的猪八戒淡淡说道："你只看到了我们的低贱，可你又何曾看到我西梁女国一国之人的身不由己，你知道当初我多想和他一起走吗？猪八戒我就问你一句，你师父可曾和你提起过，他爱过我吗？"

此话一出，本已失控的猪八戒似乎感受到了对方的无奈与痛苦。血红的双眼似乎恢复了一丝清明，他低头慢慢回道："他是否爱过你，我确实不知。但他说过，西行一路，他历经九九八十一难，唯独在你这儿，差点毁了十世的修为！"

女儿国国王听完之后逐渐闭上了双眼，虽然泪如雨下，可她却笑了。随后她的身体飘了起来，朝着那个失控的黑洞就飞了过去，或许当她得到了最想要的答案后，被吸入那黑洞之中才是她最好的解脱，最好的归宿！

当这一切都彻底结束之后，猪八戒的鏖战之法已然大成，这时后土娘娘的法旨也再度降临："神功已成，挽救众生，天庭再聚取经人！"

随着这道法旨的出现，这场天庭大战也即将上演！

第十一篇 赤尻马猴

第四十一回
炼狱冥塔

这世人皆知当年孙悟空因为寿数已尽，大闹幽冥地府，一时间让幽冥五方鬼帝和十殿阎罗皆不得安宁。甚至在他的一怒之下，大改生死簿，让自己和猴子猴孙都得了逆天的寿命。

可孙悟空哪里知道，这阴曹地府绝非看上去的那么简单，能将这猴子完全抹杀的存在可不在少数。正所谓，天上兜率宫，地下酆都城，这两个地方可都不是他能撒野的地界！

这酆都王掌管着酆都城厉鬼千千万，这股神秘的势力就是放眼整个三界，知道的人也是少之又少。而除酆都王之外，无论是地藏菩萨和谛听，还是后土娘娘和天齐仁圣大帝，皆乃阴曹地府的最强支柱，就连盘古大帝也都在冥界最底部沉睡！

可也就是这样一股势力，却一直都低调得让人不可思议。但又有谁能想得到，也就是这个让众生闻之色变的地方，这才是凡人真正的希望。

随着大商朝最后一位人皇的陨落，人族被天神奴役至今。说起来，或许这芸芸众生从来都不关心人族是否能够崛起，他们也不过只是想要吃得饱饭，能够平平安安地活着！

可如今因为天庭上位者管理混乱，善弄权谋，致使整个三界神妖勾结，佛魔共生，这已然是将众生逼上了绝路！地府的突然入局，与天庭和灵山正面博弈，也只是为了能够复活人皇，为众生寻一个公道！

唐三藏师徒四人于乌鸡国大战文殊菩萨之后，他们各自都流落于不同的地方。猪八戒祸乱女儿国，虽已入魔，却完成了鏖战之法大圆满。

同一时间，齐天大圣孙悟空莫名其妙地身现无间炼狱最深处，当他睁开眼后，只见周围一片黑暗。

他朝着前方大喊："师父，八戒，沙师弟……"但根本就无人回应。这地界伸手不见五指，四周围阴风阵阵，寒风刺骨。

孙悟空心里清楚，此地定然乃是阴间。随后孙悟空怒睁火眼金睛，只见眼前出现了一座高塔，正是传说中的地狱十八层冥塔。

一声声惨叫声从塔内传了出来，这显然是有亡魂正受刑罚之苦。要知道这地狱十八层，都是由阎罗王属下十八位判官主管，专门用来惩罚人世间作恶之人的地方。或许人世间已无公道可言。可在这里，一个人生前所做一切，是善还是恶，根本就无所遁形！

说来也可笑，人人贪恋凡间，可凡间从未善待众生，人人恐惧地狱，可在这里却才有公道可言。

孙悟空下意识地朝着冥塔走了过去，自己莫名其妙地出现在这，好歹也要向十殿阎罗去问个明白。

可他刚一进塔，就发现有点不太对，若是恶人被抓回地府后其魂魄呈红色，定要受地狱之苦；若非恶人，其魂魄则呈白色。可不知为何，在这塔里第一层的全都是白色亡魂。

事出反常必有妖，孙悟空知道，自己出现在这里，绝非巧合!

果不其然，在这塔里他只见到的是一群天庭神官在此驻扎，而阎罗王的判官是一个都没见着。

同一时间，孙悟空的斗战之心疯狂地跳动，显然是感应到了什么。齐天大圣眉头一皱，他知道，这可是混世四猴之间才该有的感应。

看来，这冥塔之内定有惊天的阴谋!

第四十二回 六翅蜈蚣

灵山佛祖曾亲口说过，这世间有混世四猴不入十类之种，通变化、识天时、知地利、移星换斗的灵明石猴和善聆音、能察理、知前后、万物皆明的六耳猕猴，大家是再熟悉不过。可你们知道，那传说中的通臂猿猴和赤尻马猴又在何地吗?

其实这四猴一直都被各方势力控制，若非天大的机缘，恐怕是再难现于世。

纵观孙悟空所遇到的大小妖怪，能被他一棒打死的也是寥寥无几。就这群妖怪，有背景的他动不了；有实力的又会被天庭和灵山带走，成为他们名副其实的走狗！而上位者所做的这一切，也无非是为了巩固自己的地位罢了！

此刻，孙悟空误入炼狱十八层冥塔，竟发现这里已然不受阴曹地府所控。

当初十殿阎罗亲口所说，奉后土娘娘法旨，愿还世间公道，助他们师徒四人西行救赎。看来地府也早已经对天庭生出不满，而这炼狱冥塔或许就是起因！

本该刑罚红色亡魂(凡间恶人)的地方，结果关着的全是白色亡魂(人间善者)，这明显就说不通。为求真相，孙悟空也不愿打草惊蛇，直接化作一缕亡魂，飘向了通往上一层的楼梯。结果一连数层全都一样，这群白色亡魂惨叫声不断，偶尔几只因无法承受炼狱之苦而自我了断，烟消云散。

只是，孙悟空未曾发现，他每走过一处，身后的墙壁上就会有巨大的眼睛睁开，那眼血色通红，遍布每一层的窗户，可谓是密密麻麻。

齐天大圣的每一步皆在其监控之下，当孙悟空抵达第十层时，只见大殿正中央，一颗血红的珠子挂在了上方，还不停地在吸收着亡魂，那一声声惨叫声也全都由此发出。

身为一代绝世妖王，这珠子孙悟空是再熟悉不过，这就是一只大妖的内丹。只是这珠子从何而来，简直匪夷所思。

下一秒，他直接现了身，一把揪过这一层的天庭守卫。这守卫也是悲催，本来看守炼狱也算是个肥差，当初也是托了不少人才抢来的位子，可他哪知道，今天还遇到了孙悟空这么个主儿！一时间吓得尿都差点儿出来，直接就全招了。

原来，这地狱十八层一直都是地府惩治恶人之地，可后来天庭有权势通天的大神下旨接管了这里，只为获取人间亡魂来炼制提升修为的丹药。

因为大善之人皆身具功德，这才被关了进来；而那些恶人无修无德，根本没用，便也就直接安排轮回转世去了。这也是为什么，近些年来众生只觉得凡间的好人是越来越少，恶人倒是越来越多的根本原因。当大厅的妖丹积满了功德之后，这群守卫将会将他们集齐，再上供给天神们享用。

孙悟空听完咬牙切齿，这众生皆苦，但死后还不得超生，这天是不反不行了！

想到了这里，他举起金箍棒就要砸碎了这颗妖丹，可下一秒，整座冥塔开始剧烈地晃动，整整十层墙壁上的眼睛全部都睁开。原来，一直都有只巨大的蜈蚣盘在塔上，这颗妖丹也自然就是它的！

正说话间，几只巨眼同时射出金光将孙悟空罩在其中，一瞬间，齐天大圣只觉得力软筋麻，举步艰难，而这感觉他也是再熟悉不过。

这大蜈蚣不是别人，正是百眼魔君多目怪。当年他因阻挠西行取经之路，被灵山毗蓝婆菩萨收服，看来是被用来镇守了此处！

同一时间，在地狱十八层冥塔的最上方，一团黑雾里发出声一句声响："孙悟空，你终于来了，我想吃你很久了！"

第四十三回 赤尻马猴

你知道传说中的混世四猴，谁的战斗力才是天花板吗？

说起来，拿日月、缩千山的通臂猿猴和通变化、移星换斗的灵明石猴自然首当其冲，而六耳猕猴和赤尻马猴与生俱来的天赋虽看似偏弱，但其实最为诡异邪魅。

无论从哪个方面去看，他们的天赋均不在六道之内。如果孙悟空对上了他们，这胜负还真就悬念重重。要知道，当年实力最弱的六耳猕猴，一时间都能和他打得天昏地暗。

此刻，在炼狱十八层冥塔，孙悟空为救凡间善魂，想要砸碎了那颗吸附灵魂的妖丹，可此举终是引出了镇守此处的大妖蜈蚣精！

正所谓“仇人见面，分外眼红”，这些年遇到的妖怪里，能凭一招半式难住这猴子的，他算是一个。

当年此妖乃是盘丝洞七个蜘蛛精的师兄，身居黄花观，常以炼丹道士自居。其使毒的本事也是堪称一绝，而他两肋下有一千只眼，能放出艳艳金光，并伴有森森黄雾。方圆十里无论人还是牲畜，皆不得脱身。当初孙悟空也是靠着地遁术和变化穿山甲才能逃离。由此可见，此妖绝不简单！

此时这大蜈蚣眼见自己一招得手，甚是得意，张开血盆大口就想一口吞了孙悟空，到时凭着自己腹内的剧毒溶液，就能报了当年的仇！但他哪里知道，经历了那么多，这猴子早已不是当年的那只猴子。当年被他金光困住的，也不过就是六耳猕猴而已！

只见齐天大圣上一秒还略显疲态，下一秒就一声大喝，竟直接震碎了周围的金光！

蜈蚣精见此一幕也是一愣，自己本来就已经冲了上去，想调头已经没可能了。故此，这大妖直接就在半空上化了人形，嘴上毒牙也幻作了一把毒剑，朝着孙悟空一剑刺去！

再看齐天大圣，此时根本就不以为然，因为这大蜈蚣的弱点他多少年前就知道了。

说话间，这猴子竟然直接使出了七十二变，化作一只五彩大公鸡。一声啼鸣响彻整座冥塔。此声一出，百眼魔君仿佛瞬间就丢了三魂七魄，空中那颗妖丹也是应声而碎！

与此同时，冥塔内阴风四起，十个黑影从四面八方窜入，各执武器直接将蜈蚣精钉死在墙上！这来的十个人不是别人，正是阴曹地府以鬼王和日游夜游巡使为首的十大阴帅。

只听那鬼王面朝孙悟空说道："我等奉命前来助大圣降妖，收复炼狱！此塔上面还有八层，更为凶险，还望大圣小心行事！"

孙悟空本来还想问个明白，但体内斗战之心是越跳越快，这塔顶一定有什么在召唤着他，随后也没废话，径直向上走去。

只是这炼狱从第十一层开始，明显与之前不同。这里的亡魂不是白色，也并非红色，而是耀眼的金色，无数的金色魂魄全都被玄铁链拴着。

孙悟空甚至在这群亡魂中还看到了世间罕见的重瞳者。原来十一层往上直至塔顶，所关押的全都是华夏历代的人族英魂，天庭的上位者不允许他们轮回转世！只怕有一天人族崛起，反抗他们。

孙悟空也是越走越心惊。谁能想得到，天庭还真是机关算尽，算无遗策！

当他走到第十八层时，突然空间变得迷幻了起来，整个大厅漆黑无比，仿佛一片虚无！

这时一缕妖风闪过，不知是何物突然出现在孙悟空身后，一口咬在其肩膀处，还带出了一缕鲜血。齐天大圣心中一惊，这到底何方神圣，居然可以破掉自己金刚不坏之体？

说话间，黑色的空间内，一双血红的双眼缓缓睁开，慢慢说道：“孙悟空，欢迎来到地狱十九层！”

第四十四回 天克之敌

当年齐天大圣孙悟空于东胜神洲花果山破石而出，随后拜师菩提老祖，习得大品天仙决，而他大闹天宫的事迹更是传遍了三界。

可你知道同样身为混世四猴之一的赤尻马猴，虽战力有限，但他诡异的天赋和驭水之术颇为逆天，甚至可以说是天克孙悟空！

世间赤尻马猴众多，能称混世四猴的也仅此一个。这只猴子晓阴阳、会人事，善出入，避死延生，此乃超脱六道的天赋。

要知道孙悟空修习大品天仙决、地煞七十二变，只为躲天劫，长生不老。可这一切，对于赤尻马猴而言却唾手可得。

此猴状犹如猿，白手长鬣，雪牙金爪，高五丈许，其两目皆不能睁开，目鼻水流如泉，涎沫腥秽，奇臭无比，常人不可近其身。其出生之地更是距离观世音菩萨不远，位于南海芒邪山上。

相传当年南海有一龙子，常奔走于天地间，只为了能够造福于人。很偶然的一次机会，他看到了正在天池沐浴的凤凰，遂动了凡心。可凤凰一族本为盘古开天辟地时所生，乃飞禽之长，众神仙之祖，岂能容龙族造次！

若是平常，这南海龙子可是大罪，甚至要比猪八戒戏耍嫦娥仙子严重得多。可这凤凰当时年少，也有少女情怀，便一笑而过，隐于天地之间，只是离开时不小心留下了一根羽毛。

这龙子也自知不能与凤凰仙子相配，没过几年看着羽毛相思过度，一命呜呼了，最终被埋在了距南海不远的芒邪山上。

这天地周旋了七百三十年之后，此地竟生出了万丈高的大树，早就冲破了云层。

那一日，惊雷劈下，树身被劈开了一条大缝，一只猴子从里面飞了出来，而这猴子正是赤尻马猴！

只是世间难有人知道，树是南海龙子不错，但孕育了赤尻马猴的确是宇宙混沌之气。

此刻在地狱的十九层，孙悟空终是遇到了自己命中注定的同类。只是这赤尻马猴因天生双目失明，两只眼虽不能见，却红得可怕，明显呈入魔之相！

而且在这里，周围可不是黑暗，而是虚无，火眼金睛都不能给完全看透！想到这儿，孙悟空再次亮出六个耳朵，听声辨位！

这时候，风声一动，孙悟空举棒就迎，当两件兵器相撞之后，如意金箍棒再一次嗡嗡作响，爆发了无尽的战意。

细想之下，这一幕还只有对战随心铁杆兵时才遇到过，不错，对方的武器同样也是镇海神器——架海紫金梁！

赤尻马猴一击不成，迅速隐去，遁入虚无，随后的一阵阵笑声让人听得头皮发麻。

孙悟空此时能看到的，也只是赤尻马猴的虚影，而且是无处不在，根本无法分辨到底哪个才是真身。但凡打错了目标，那入魔的猴子便一口咬来。很明显，这赤尻马猴就是在凭野兽的本能行动！

孙悟空闭上双眼淡淡说道："今天我就挑了这塔顶，我看你怎么藏？"说完，如意金箍棒突然变粗，他一棒子就朝着顶部砸去！

只听一声巨响，塔顶被砸了个粉碎，塔底下无数冤魂似乎感受到了自由，不要命地往外冲。

那赤尻马猴眼看幻境已破，当即化作一道黑影蹿了出去。孙悟空一眼锁定，直接去追。

直至追出了好远，那魔猴突然定住了脚步，回头笑着说："孙悟空，听说你天生怕水，你猜猜此为何地？"

孙悟空只顾追赶还真就没注意追到了哪里，当他低头看去，心头一紧。都说赤尻马猴善使水术，而此地正是地狱冥河！

第四十五回
大战前夕

这注定是一场巅峰一战。

混世四猴之间可谓相生相克，不善水战的齐天大圣孙悟空面对拥有逆天驭水之术的赤尻马猴，这结局注定是悬念重重！

此时，孙悟空怒砸炼狱冥塔塔顶，释放了大量凡间善魂。华夏千年来无数被关押的英魂也随时准备轮回，重返人间为人族而战。而他自己，却一路追这赤尻马猴，追到了地狱冥河处。

孙悟空暗叫一声“不妙”，三界之人都知自己最不善水战。只因当初自己在师父那刚学了一招半势，便和师兄弟们卖弄，导致菩提祖师一怒之下将自己逐出师门。虽说有大品天仙决傍身，上天入地皆不在话下，可却唯独没学到水战的本事，每逢下水必然要一手捻着避水诀，这还如何战斗？

再说那赤尻马猴，能力敌九龙，其控水之术甚至不弱于十二祖巫的水神共工。这时候赤尻马猴突然邪魅一笑，凭空消失。而同一时间地狱冥河水势大涨，翻江倒海，眨眼的工夫，直接就将此一带全部淹没！

孙悟空也自知避无可避，便一头扎进了水里。这冥河水下漆黑无比，赤尻马猴直接召唤几条大水龙来回盘旋，伺机而动。

齐天大圣也自然不会坐以待毙，直接放出了六耳猕猴分身，而自己变作一条小鱼遁去了身形，暗中观察，想要让赤尻马猴清醒过来，解除入魔状态。

此刻谁能想到，混世四猴之间竟在此处上演一场精彩的大战！

赤尻马猴不断地释放法术，那河水竟然可以在水下凝聚成矛，向前突刺。再看六耳猕猴丝毫不惧，张开六耳将其法诀偷听于心，待闪避掉所有攻击之后，竟以同样的法术予以还击。两方皆召唤数条水龙相撞于河底，一时间冥河是风起云涌，惊涛骇浪。

孙悟空在一旁眼看时机已至，偷偷绕到对方身后现出了原形，随后单手举起如意金箍棒就砸了过去。只是可惜，那赤尻马猴也绝非等闲之辈，架海紫金梁似乎对金箍棒也有感应，竟无须主人调用自动护主。

这第一击不成，孙悟空迅速后撤。此刻他也是犯了难，赤尻马猴的眼睛是越来越红，如果再不施救，恐怕这三界都要遭遇大难！

这时，后土娘娘的声音传了过来，并告诉了他真相。

本来混世四猴遨游三界，潇洒于天地之间，只是，他们的存在却一直让一众上位者极度不安，他们绝不允许这世间有能威胁他们的存在，故此才纷纷约定，各自关押这四只猴子。

相比较之下，赤尻马猴便是最悲惨的一只，因为始终被关在十九层地狱，无数年间吸食了不知多少恶鬼冤魂，此时早已经魔入骨髓，已然是无药可救！

后土娘娘留给孙悟空的最后一句话便是："你本与赤尻马猴同根同源，你若放了他，那他一定会祸及众生；但如果不放，这猴子也终究还是如同行尸走肉般苟活于世。至于如何抉择，便也由你来决定了！”

孙悟空听完之后，眼睛里不知为何已然含泪，自己与六耳猕猴的悲剧历历在目，他实不忍看着赤尻马猴步入后尘。

都说混世四猴之间皆有感应，赤尻马猴似乎感受到了孙悟空的纠结与痛苦，竟突然转过了头，表情既扭曲又痛苦地说道：“兄弟，杀了我！”

孙悟空听完心头巨震，片刻之后，他终是做出了抉择，因为赤尻马猴天生不死不灭，孙悟空直接化作巨猿身形，一口将其吞入腹中。

至此，混世四猴已融其二！齐天大圣此时虽仍身处河底，可那数条水龙似乎已经认主，不停地围绕在其两侧，而他的火眼金睛暗红无比。

在吞了赤尻马猴之后，孙悟空也现出了入魔之相！只听他淡淡说道：“兄弟好走！我这就让众神为你陪葬！”说完之后齐天大圣直入九重天！

直至此刻！因鏖战之法入魔的猪八戒只想祸乱广寒宫，而同样入魔的孙悟空却一心诛杀众神，他们终要打破三界平衡！

第十二篇 决战天庭

第四十六回
天庭大战

“玉帝，你给我听好了，那些祸乱三界的伪神，你管不了的，就由我魔来管；芸芸众生，那些你救不了的，便由我妖来救！六百年前俺老孙修改生死簿，而今天，老子我要重建封神榜！”

孙悟空在地狱十九层含泪生吞赤尻马猴之后，虽是将混世四猴融合了其二，但他也终是被赤尻马猴体内的魔气所害，现出了入魔之相。

诛杀天庭众神的执念充斥着他大脑的每一处，当他手持金箍棒怒冲九重天的时候，地府也终于决定与天庭殊死一战！

此刻孙悟空已达九天之上，这一次他走的可不是南天门，而是西天门！

三界一直传闻，孙悟空虽天不怕地不怕，但却只敢走南天一门。此话其实并不假，镇守南天门的不过是四大天王而已，可其他三门的镇守者却大有来头。

就说这西天门，镇守此处的乃是天庭四御之一的勾陈大帝，掌管南北两极，天地人三才，法术也是深不可测。只是这一次却奇怪至极，眼看孙悟空就要破门而入，除几个守兵之外，那勾陈大帝竟不见踪影。

齐天大圣也没废话，直接就冲了上去，但就在这个时候，守着大门的两个天兵突然后退，将西天门彻底打开，同一时间，一阵喊杀声破门而出！

只见这门内，藏兵百万，无数的天兵天将列阵在前，早已等候孙悟空多时。要知道，孙悟空本就是一方大妖，加上其已经入魔，这妖气冲天，天庭又怎能不知？

一阵肃杀之气扑面而来，孙悟空放缓了脚步，饶有兴趣地看着面前的一切。

这时托塔李天王于西天门而出，表情虽然淡然，可难掩心中愤怒。上一次这猴子引七十二洞妖王大闹南天门，虽说已遭天庭镇压，可还是让他跑了。作为三军统帅，一度成为众神的笑柄，试问李天王怎能不怒？

随后李天王大声怒喝：“妖猴，今日不把你锉骨扬灰，难抵我奇耻大辱！”

孙悟空听后，双眼血红，面带嘲讽地讥笑道：“李天王，俺老孙还真是好大的面子，你身后天兵天将绝不下百万，为我一人，竟动用了整个天庭之力！那三界妖魔祸乱，漫天的神佛为一己私念视众生为草芥，我也没看见你这么卖力啊！”

话音一落，李天王顿感羞煞，当着众天兵天将的面儿被如此奚落，关键还被说到了痛处，就是脸皮再厚也要恼羞成怒。

“妖猴，休逞口舌之快，我天庭掌管三界大小事务，自有天庭法度，还轮不到你来多嘴！”李靖说完之后，只见身后一众神将冒出。除巨灵神、哪吒等天神之外，竟还有天庭四大护法神元帅，分别是赵公明、马灵耀、温琼和武圣关云长！

此一幕出现之后，谁都知道，双拳难敌四手，孙悟空根本就没有一丝的胜算！

下一秒，另一边，北天门处爆发了一声巨响，那逆天的妖气不是入魔的猪八戒又是谁？

而同一时间，整个天庭阴风四起，九天之上十殿阎罗显现，地府十大阴帅携阴兵百万助战，一时间，四大天门全都被围了起来！

孙悟空看了看自己饱含众生怨念的左臂之后，猛然抬头，歇斯底里地笑道：“李天王啊，众生有句话，要俺老孙带给你们，‘这苍天已死，黄天当立’，还请天庭众神赴死！”

第四十七回 天地之战

当地府的百万阴兵大战天庭的天兵天将，到底谁才是三界最强？在这里，将会给你答案。因事关三界霸权，无论是妖族、龙族或仙族，全都要置身于战争的旋涡之内！

因为天蓬元帅猪八戒硬闯北天门，率先打破了天庭无数年来的平静！地府十殿阎罗、十大阴帅携阴兵百万众突然出现，一时间将四大天门围了个水泄不通。

此时托塔李天王和在场的其余神将表情都异常凝重。多少年间，天庭众神一心只顾着争抢凡间香火，贪图西梁女儿国这种享乐之地，像这种场面他们恐怕是早就不记得了。

想到了这儿，李大王手执宝塔怒声质问："十殿阎罗，你们不奉玉帝之令，携大军围住天庭，这是要干什么，难道造反不成！"

众阎罗听完是一言不发，整个战场都平静得可怕！

齐天大圣孙悟空从耳朵里掏出金箍棒，直指李靖："造反又如何？俺老孙也不差这一回了！"说完之后，孙悟空一分为三，六耳猕猴分身与赤尻马猴分身同时出现，直冲西天门内天兵大阵！

而十殿阎罗也在同一时间合力开启了幽冥邪鬼大阵，那黑色的炫纹布满了整个上空。这大阵其实并不具备任何杀伤力，但却对鬼族有着逆天的辅助效果。但凡身处大阵之内，那百万阴兵不死不灭，绝对不会魂飞魄散！

只见，无数的黑色战魂，双眼泛红，随着一声呐喊之后，一个个都拼命地往里冲。那冲在最前面的正是酆都大帝的二十万厉鬼大军，那场面惊天动地，让人心惊胆寒。

黑压压的阴间大军如同洪水一样地扑了出去，在场不少的天兵都下意识地倒退了一步。细数之下，这群天兵天将有不少都是凭着各种关系才求得一官半职，别说要他们大战这群不要命的阴魂，能站住了不尿裤子也算是条汉子了。

这时，天庭四大元帅同时发令布阵，盾牌和长枪全部都准备完毕，不消片刻，大军已至！

只见以血毒鬼王和白虎鬼王为首的大军直接就撞向了第一排方阵，喊杀声不断，惨叫声不止……这注定就是一场载入史册的大战！

孙悟空的两大分身飞入上空，截住了巨灵神和哪吒等神将，他自己却直扑李天王。只因为他清清楚楚地记得，对方的宝塔内可还关着七十二洞妖王和四万的妖族大军。至于自己的结拜兄弟是死是活，也仍是未知，但只要打碎了这塔，一切自当揭晓。

眼看擎天巨柱砸下，李天王祭出宝塔与之硬刚。定海神针尚不完整，不足为惧。

两边相撞之后，可谓势均力敌。在被击退之后，那宝塔竟然没有飞回李天王手里，而是直入上空，很明显这是要故技重施，镇压在场的所有阴兵阴将。

同一时间战场之上再生变故，不知从何处，几张道符飞至，竟压制了幽冥大阵。数以万计的鬼将当场魂飞魄散，再也无法凝聚重生。这道符正是出自天庭四大天师之手！

只见道祖张道陵拿出玉帝圣旨，大声说道："玉帝有令，诛杀在场所有叛军，斩敌数千者，官升三阶。四海龙王听命，剿敌冲阵！"

话音一落，只见东西南北四大龙王携无数龙族飞至，从侧面击杀地府阴军！

就在这千钧一发之际，只见西方乌云密布，一条千米长的巨大骨龙飞入战场，只是一声低沉的龙吟，竟吓得在场所有龙族愣住了！

这骨龙不是别人，正是西海龙太子小白龙！

第四十八回
枯骨白龙

凡三界之人一直都有个疑问：如果地府无数阴兵大战百万天兵天将的话，到底会不会越打越多？而天庭众神将又是否真的能够以一敌百？

看似是天庭大战，实则也是封神榜与生死簿之间的对决！

此刻十殿阎罗携大军围剿天庭，无数阴兵阴将也疯狂地涌入东、西、南、北四天门中。因事态紧急，托塔天王李靖紧急下令，安排天庭四大元帅前往支援，只留武神关羽守在西天门。要知道，这西天门当下才是天庭危难之处。

本来东、西、南、北四大龙王携龙族支援，此一战必然可以将地府叛军镇压。谁能想到，枯骨白龙的一声龙吟，竟吓得在场龙族魂飞魄散！

孙悟空看着这位师弟，除了有些激动之外，也略有疑惑：小白龙不是早就死在了灵山台阶上了吗？

原来，灵山之上也并非风平浪静，佛祖和几大菩萨之间也是暗潮涌动，并非一心。

说起来，当初唐三藏师徒四人在乌鸡国大战文殊菩萨时，就莫名其妙地各自出现于他处。实际上，这些都是文殊菩萨刻意安排的，而这小白龙的重生也出自他手。至于文殊菩萨意欲为何，此刻还不得而知。

这时候，震耳欲聋的喊杀声再度响起，见武神关二爷率数万天兵冲抵本阵，疯狂厮杀地府大军！让人震惊的是，二爷居然独战四大阴帅而不落下风。再看地府大军在失去幽冥大阵之后，因无法重生而迅速减少，唯独最前排的厉鬼大军还是疯狂地冲锋。

眼见战场形势已经开始偏向了天庭大军，四大龙王同时飞入上空，想要引天河之水助关二爷再来一次水淹七军。

转瞬间，汹涌的水浪腾空而起，一时间竟遮住了整个天庭上空。在场所有人都产生了一种幻觉，感觉整个世界都颠倒不分，这场面即便是神仙也都不曾见到过。

只见关羽单臂高举偃月刀，一击震退四大阴帅之后，突然大喝道："众天兵回撤！"

随后大水即至，漫灌了整个西天门，阴兵大军一时间也呈现了溃散之势！

要知道，天兵可是镇守三界的正规军，杀招也可谓层出不穷。托塔天王立即命雷公电母出列，打算要他们二人携雷部二十四位护法天君共降天雷，注入水中，剿灭阴魂！

果不其然，这天雷确是天克阴兵，当神雷打入水中之后，瞬间爆发，不消片刻，整个战场的地府大军死伤过半，数量绝不下六七十万！

眼看就要全军覆没，难道地府真的就无法与天庭大军抗衡了吗？当然不是！

齐天大圣的六耳猕猴和赤尻马猴分身同时出手，架海紫金梁和随心铁杆兵直插战场中央，枯骨小白龙就站在两柄兵器之间，动用天龙之力。那天河大水是再不能前进半步！

随后赤尻马猴再念法诀，那天河之内，突然冒出上百条水龙直冲天兵和龙族大阵。六耳猕猴也没闲着，这六耳本就是遇强则强，能使用孙悟空和赤尻马猴的所有技能。只见这猴子拽下猴毛，召唤了几千个分身，同时召唤水龙！

混世四猴只是其二便能做到这一步，很难想象，全部融合之后，到底会多么恐怖！

而十殿阎罗眼看形势逆转，直接再次合体六道法宝，开启了六道轮回大阵，数以千万计的阴魂再次涌入战场之上。

此一战可谓悬念再起，可谁都没注意到，一只长得和孙悟空一模一样的猴子就混在天兵大阵之内！

第四十九回
灵明石猴

世人都知孙悟空于东胜神洲花果山破石而出，乃是混世四猴之一，可你真的以为孙悟空就是灵明石猴吗？

如果真的如此，当初这猴子大改地府生死簿时，怎么可能会看到自己的名字也在其列？要知道，这混世四猴从不入十类之种，天生超脱六道之外，根本就不可能入生死簿。

而且灵山佛祖曾提过，四只猴子天赋逆天。

灵明石猴自诞生那一天便通变化，识天时，知地利，移星换斗。乍一看，似乎与孙悟空一般无二，可却细思极恐。

只因为孙悟空一身的本事从菩提老祖那学来的，可人家灵明石猴却是天生自带。那大品天仙决相比较混沌天赋而言，那就是蚂蚁观天——根本就不在一个层次上！

而灵明石猴一直以来都在为天庭效力，只听玉帝一人法令行事。

当孙悟空和猪八戒大闹天庭的时候，眼看地府大军无休止地冲击四大天门，玉帝终是有些坐不住了，安排灵明石猴前去平乱。

当他出现在天兵大阵中时，十殿阎罗已经召唤出轮回大阵，数以千万计的阴兵不断地涌入战场。那百万天兵天将顿感压力大增，虽说对方战力极低，可奈何无穷无尽。

这时候，一片七彩祥云飘过，一股神圣且肃杀的气息笼罩了全场！没错，在天庭西天门危难时刻，勾陈大帝出现了。

说起来，这西天门本就由勾陈大帝镇守，此刻他的出现似乎也在情理之中。因其负责三界杀伐之事，可算是真正的天庭大军统帅，托塔天王李靖在他的面前都要矮上几头。

只见那百万天兵眼见勾陈大帝出现，一个个全都打了鸡血一般，士气大增，整个西天门阵线也是一点点地往外推。而勾陈大帝，随手一挥，轮回大阵是逐渐地缩小。毕竟十殿阎罗的修为就是加在一起也根本无法与之抗衡！

眼看大阵即将消散，从大阵内杀出的阴兵的数量也越来越少。在大阵即将消散之际，阵内突然阴气大盛，来人正是酆都大帝！

他一出现，引得场上二十万厉鬼疯狂咆哮，刺耳的声音让在场的众人全部汗毛直立。强者之间必然也是无需多言，他与勾陈大帝直接开战。

再说齐天大圣孙悟空，本来与托塔天王李靖打得如火如荼，六耳猕猴分身和赤尻马猴分身也是力挽狂澜，于战场之上大放异彩。

可当灵明石猴出现后，孙悟空的斗战之心再次疯狂跳动。当他睁开火眼金睛锁定灵明石猴之后，完全惊住了：对方根本没用变化之术，竟长得与自己一般无二，让人觉得匪夷所思！

孙悟空下意识地吼道："何方妖怪，敢冒充你孙爷爷！"

而对方却嫉妒轻蔑地回了句："我乃混世灵明石猴，要说妖怪，你才是！"

孙悟空听完后，愣在原地："你是灵明石猴，那我又是谁？"

这时候灵明石猴突然掏出一根黑色的棒子，朝着孙悟空就砸了过来，孙悟空一时失神，愣是没反应过来。

眼看着孙悟空就要死在棒下之时，战场之上金光大起，一只巨大的佛掌从九天之上朝着灵明石猴就拍了过来，而出此一掌的正是唐三藏！

第五十回
如来神掌

三界一直都有一个传说，传闻孙悟空就是灵明石猴！

而布此局者也不是别人，正是道家的菩提老祖。至于目的为何，此刻还尚不知晓。

其实孙悟空与灵明石猴之间看似雷同，实则天差地别。

单说灵明石猴的混沌天赋移星换斗，孙悟空莫说是没学过，就是见，他也没有见过！而三界之人更不知道的是，定海神针也不止四根，实则还有一根存于世间。这天道从来都是巧合得让人敬畏！

当初混沌魔猿一分为四，混世四猴由此诞生。但六耳猕猴和赤尻马猴只由少量混沌之力所化，论实力，通臂猿猴和灵明石猴才是佼佼者。

太上老君所打造的定海神针也是如此，无论是架海紫金梁、如意金箍棒，还是随心铁杆兵，皆是镇海所用，唯独擎天白玉柱另有玄机。至于那不为人知的第五根，此刻就握在了灵明石猴的手上。

地府与天庭的大战愈演愈烈，酆都大帝与勾陈大帝的斗法也让整个天庭震荡不止。就当灵明石猴手握黑色棒子怒砸孙悟空之时，唐三藏终于出现了。

那九天之上佛法纯粹无比的如来神掌轰然拍下，灵明石猴顿住了身形，似乎也感到了这惊天修为，竟直接现了原形。

只见一只巨大无比的石猴，脚踏西天门，举双臂准备硬刚佛掌。当如来神掌彻底降下之后，西天门正门口深深塌陷，那手印让人看着触目惊心！

看这架势，灵明石猴是必死无疑。但是，待能看清时，发现被拍死的却是一大片阴兵鬼将。没错，在最后的时刻，这灵明石猴直接使出了移星换斗，毫无声息地变换了位置，在场众人竟无一觉察。

这一动静也终于让孙悟空缓过了神儿来，看到师父和沙师弟在此出现，他也算是松了口气。但不知为何，眼前这师父似乎与之前不太一样，总有种陌生的感觉！

这时候唐三藏突然说道："猴子，小心了！"

话音一落，灵明石猴再次出现，孙悟空来不及多想，举棒就打。当两根棒子相撞之后，孙悟空居然被震退了近百米。

再看如意金箍棒，本来融合了随心铁杆兵和架海紫金梁后，裂痕已经修复了不少，可这一对撞那裂痕又有扩大的痕迹，对方那黑色的棒子绝对不简单！

没错，灵明石猴手里的棒子实则也出自太上老君之手，而这武器的材料乃是混沌精铁所制，放眼三界之中，只有擎天白玉柱能与之抗衡！

就在唐三藏孙悟空等人准备还击之时，意外却发生了。

随着地府大军不断地涌入西天门，整个天庭都已经开始有了倾斜之相。酆都大帝和勾陈大帝每一次的斗法对撞，都在破坏西天门整个支柱，而唐三藏的如来神掌便成了压倒西天门最后一根稻草。

没错，此刻西天门正在塌陷。当初太上老君炼丹炉的一块砖掉落凡间就变成了火焰山，这西天门若是塌陷，众生那还有活路可言！

就在这危难的时刻，一根白色的通天大柱直上九天，竟然顶住了整个西天门！

灵明石猴也突然紧皱眉头淡淡说道：“你终于还是来了！”

第五十一回
通臂猿猴

你知道地府和天庭正式开战，那些厉鬼冤魂最害怕的是天庭何物吗？

如果地府不惜一切代价，让无数的阴兵鬼将拼命厮杀，你猜他们能不能攻陷天庭的四大天门？

当数以千万计的幽都尸山降落天庭之时，就算是百万的天兵天将也终将胆破心惊！

此刻在这九重天上的西天门处，阴曹地府的十殿阎罗、十大阴帅和酆都大帝齐聚，而天庭一方，托塔天王、道教四大天师和勾陈天皇大帝与之对峙。

乍看之下，这是一场势均力敌的悬念之战，但唐三藏师徒四人和混世四猴的一一出现，却打破了平衡！

那传说中能移星换斗的灵明石猴和乾坤摩弄的通臂猿猴，谁才是万猴之王，也将在这西天门处彻底揭晓！

随着唐三藏一掌拍下，西天门陷入坠落之势，可让人咂舌的是，一根通体雪白如玉的大柱竟生生地扛住了整个西天门，而这柱子正是擎天白玉柱！

此柱刚一出现，灵明石猴手中的黑色棍子竟发出共鸣，燃起了玄黑色的火焰。这种共鸣却与定海神针之间的共鸣大有不同，那黑色棍子只有遇见擎天白玉柱才会发出这样的共鸣声。

没错，三界之人都只知擎天白玉柱乃是定海神针之一，可少有人知的是，这柱子还有阴阳一说！

自古有云："道自虚无生一气，又从一气产阴阳；阴阳再合成三体，三体重生万物昌！"也就是所谓的道生一，一生二，二生三，三生万物！

当年太上老君先造出了阴阳两根擎天白玉柱，再由这阴阳两柱生出如意金箍棒、随心铁杆兵和架海紫金梁。

此刻灵明石猴手握碎地黑玉柱也是如临大敌，只见一双臂过膝的巨大猿猴出现。当稳住了西天门后，这猿猴顺势抄起擎天白玉柱，朝着灵明石猴就砸了过去。这二人一个交锋，黑白两色火焰瞬间迸发，硬生生地在西天门处烧出了阴阳太极之火！

这周围无论是天兵天将还是阴兵鬼将，皆是灰飞烟灭，一点残渣都不曾留下。

这时，灵明石猴变作蛟龙，一飞而起，通臂猿猴二话不说也是紧追其后。而孙悟空早已看到愣住，整个脑子里都充满了疑问，那就是：我到底是谁？

一旁的唐三藏突然对他说道："我知道你在想什么，追过去吧，那里只会离你的身世越来越近！"

齐天大圣手里紧紧地握着金箍棒，又看了看眼前惨烈的战场，最终下定了决心，召回了六耳猕猴和赤尻马猴分身，脚踩筋斗云便追了上去！

再说西天门上酆都大帝与勾陈大帝的一战，两尊大神是丝毫不让，神法尽出。

战神勾陈大帝主三界杀伐，出手可谓招招致命，更是高举手中的神剑，祭出了一轮以无上修为所化的太阳，照射整个战场！这神光所处之地，阴兵鬼将瞬间消散，就连惨叫声都没来得及传出来。不错，这群地府的阴兵最怕的就是天庭神光！

酆都大帝眼看形势不妙，也做出了惊人之举。只见东西南北四大天门的上空同时现出大阵，不消片刻，数以千万计的尸身不停地往下掉，竟形成了四座巨大的尸山！而战场所有阴兵全都飞了过去，此时战场所有人都不知道他们是要干什么。

场上气氛也是安静得令人窒息。突然，一只手从尸山里伸了出来！

直至此刻，地府对天庭四大天门的冲击也到了最后的时刻！

第五十二回
八臂哪吒

你知道《西游记》里，龙族在整个三界，其地位到底有多低吗？你真以为人族才是最悲催的吗？你错了，人族因能提供香火和气运，尚有一线生机，可龙族却只能成为上神和大妖的盘中之物！

当年如来佛祖亲口所说，驼岭三大魔王大鹏鸟每日最少要吃掉五百条龙，只为果腹。而玉皇大帝和王母娘娘更是在蟠桃大会和安天大会上，以龙肝凤髓作为主菜宴请众神。可见，不光是龙族，就连凤族也无法独善其身！

但其实，玉皇大帝另有深意。三界都知，凤凰曾生孔雀和大鹏鸟二子，而如来佛祖又认孔雀为母，这才有了大鹏鸟是其娘舅一说。

那凤凰对于灵山来说，地位自然是极为尊贵。可就是如此尊贵的上古一族，却成了天庭宴客的食物，其实玉皇大帝就是想以此，时刻提醒着灵山佛祖，在这三界，到底谁说了算！

可玉皇大帝千算万算也没有算到，如今地府大军压至，东、西、南、北四大天门已经是岌岌可危。

四座尸山引无数阴兵涌入之后，竟从中爬出四个巨大的尸魔，无数的僵尸也全都活了过来。这群阴兵鬼将有了载体之后，根本不惧勾陈大帝的神光。这压力自然落到了托塔天王李靖的身上。

眼见上空，灵明石猴和通臂猿猴已经开战，这战局如何还不得而知，只是两猴之间每次交锋都引天地变色。

再看一看眼前这群尸魔，李靖立即大喝："四海龙王，还不引群龙出战，更待何时！"

这四海龙王虽有些不愿，可哪敢违背军令，立刻就要带着龙族出击。这时候，枯骨白龙一声龙吟，再次响彻整座天庭！

小白龙怒吼道："天地不仁，以万物为刍狗，更视龙族为草芥。你们四个只为一己权位，致使整个龙族成为三界盘中之物，这龙王之位，你们四个不配！"

听闻此话，四海龙王顿时羞煞，更是恼羞成怒地大喊："诛杀龙族叛逆小白龙！"

可下一秒，竟无一龙族之人出动。没错，这几万的龙族战士，一直都敢怒不敢言。这小白龙说的话是字字诛心！本是上古一族的他们，如今沦落至此，谁不想如唐三藏师徒四人一样，与天一战！

四海龙王见此一幕，心中暗叫一声"不妙"，竟同时出手，打算先灭了小白龙，以除后患！

可在此之前，谁都不曾发现，一直站在托塔天王李靖身边的三太子哪吒，双眼竟蒙出一层红雾。还未等东海龙王反应过来，火尖枪一枪刺穿其肩膀，龙鳞瞬间碎了一地！

事发突然，其余几大龙王皆是一愣："三太子哪吒，你这是为何？"但他们等来的不是回答，而是哪吒的致命一击。

出于本能，三个龙王立刻后退，只留下了仍在哪吒手中挣扎的东海龙王，只见哪吒慢慢抬起了头，一脸魔相地看着对方，玩味地说道：“老龙王，你疼不疼啊？当年你在陈塘关逼得我剔骨还父、割肉还母时，我可是疼得要命！你说你的龙筋和你儿子的比，谁的更长一点？”

这话音一落，众神震惊！那东海龙王更是吓破了胆，眼前这小子的眼神分明就是当年的眼神！

这到底怎么回事呢？托塔天王李靖也反应了过来，看着无数尸魔冲击天兵大阵，眼看着就要顶不住了，灵明石猴此刻在天上胜负难料，这天庭大军可遭不得变故了。

于是李天王大喊：“吾儿哪吒，你要做什么？”

这时，三太子哪吒凸显三头六臂法身，乾坤圈、混天绫、风火轮、阴阳剑和九龙神火罩全都祭出，然后慢慢回过了头，笑道：“你儿哪吒，不是已经被你逼死了吗？”

第五十三回
封神真相

你真的以为天庭的三太子哪吒就是他本尊吗？

这个灵珠子转世，命由自己不由天的太子爷，在封神大战之后，一度成为天庭的五营神军元帅，还与八字不合、五行相悖的亲爹李靖共侍一主，相安无事。你就不觉得这一切都那么不合情理吗？

没错，当年的那场封神大战，哪吒看似功勋卓著，入了那封神榜，获得了神职。但其实，他的本体早就被深埋在体内，所谓重铸肉身的莲花之体，也不过是为了让灵珠子彻底陷入沉睡而已。

天书《封神榜》的封字从来都不是封赏的封，而是封印的封！

当年哪吒为了不祸及陈塘关百姓，在东西南北四海龙王的逼迫下，剔骨还父、割肉还母。

而在封神大战之后，天庭大赦封神榜，人族的各路英雄豪杰尽归其所用。人族支柱闻仲闻太师的手下大将，也就是南天门四大天王，就是典型的例子

可哪吒为人如何，三界尽知，一句“我命由我不由天”，更是让天庭动了杀机！

其师父太乙真人为保爱徒一命，最终以莲花为其重铸肉身，逐渐让灵珠子陷入了沉睡，以防他不愿归顺天庭招来杀身之祸。这才有了现在的天庭五营军元帅，受托塔天王李靖调遣。

此刻，天庭的西天门上，众神法力冲天，阴兵鬼将胡乱冲撞，整个天庭祥瑞之气紊乱，竟巧合地压制了莲花之力，让灵珠子彻底苏醒。

眼看东海龙王落入哪吒之手，其余三大龙王想也没想，立刻就要施救。

可三太子哪吒恩怨分明、疾恶如仇，出手绝不拖泥带水。随着东海龙王一声惊天的哀嚎，哪吒居然单手将其龙筋给抽了出来，随后还笑着说道："当年你于陈塘关滴水不降，纵容夜叉强抢童男童女，小爷我在陈塘关时就说过，早晚要抽了你的龙筋，让你和你儿子相聚！"

此一幕刚一发生，众神皆惊，上万条龙浮于半空，全都呆傻在原地。只有其余三个龙王反应了过来，大喝一声："小子，你敢！"话音一落，各执宝剑直刺哪吒。

说起来，那托塔天王李靖也无愧三军统帅，冷静得让人不寒而栗。他立即命五营军东西南北营四大神将助战，一时间三大龙王和四大神将齐聚，联手围剿哪吒。

而三太子也好生了得，三头六臂尽显，火尖枪、阴阳剑尽出，愣是没给对方一丝的机会！

突然，哪吒一个反手，祭出了混天绫，那三大龙王没等反应过来，就被捆了个结实。下一秒，一点寒芒突至，三颗龙头就已经在空中旋转！

那五营军东西南北神将终是自己的手下，哪吒最后还是给了他们一线生机。

此时，让人奇怪的是，战场之上变故不断，一直焦躁不安的李靖突然露出了一丝微笑。明显，天庭大军一定藏着什么。

果然，就在四海龙王均陨落之后，一声狮吼传遍了四大天门，地府的僵尸大军也停止了进攻，显然是被吓破了胆。

只见一头巨大的狮子从西天门内走了出来，让人震惊的是，这狮子竟长有九颗脑袋，这不是太乙救苦天尊的坐骑九灵元圣，又是谁？

九灵元圣朝着哪吒说：“李家娃娃，仇你也报了，再闹下去，你的命我可就收下了。”

哪吒听完不为所动，回忆也是一点一点地涌入大脑：当初自己被骗，终使人皇陨落，芸芸众生受难，这全是自己之过！

想到了这儿，哪吒抬起了头，回怼道：“若这三界命运不公，倒不如让我与天一战！”

第五十四回
九灵元圣

你知道在漫天的妖魔坐骑中，九灵元圣为何是最牛的吗?

纵观整个西行之路，九九八十一难，能不使法宝不动声色地一招拿下师徒四人的只有他。要知道，能得天界认可，得成圣封号的只有三人，除了齐天大圣孙悟空和昭惠显圣杨戬，另一个就是九灵元圣。

说起来，这个九头狮子法力极强，德行也颇高，一直以兽身露面，从不修人形。由此可见，其修炼的功法绝非凡类。

当初他发难师徒四人，六耳猕猴见了他，连一战的勇气都提不起来。太乙救苦天尊也曾提到：这九头狮子一吼，上通三圣，下彻九泉，说是三界第一妖绝对不为过!

太乙救苦天尊为了收服九灵元圣，二人打得那叫一个天昏地暗，甚至有了惺惺相惜之情。可当时的天尊哪里知道，这一切都是玉帝安排的剧本。

众所周知，太乙天尊在道门地位崇高，引渡受苦亡魂往生，可谓大圣大悲、大慈大愿、救苦救难。这也是地藏王菩萨最终违背灵山而追随地府的真正原因。

他们皆是心系众生，而那九灵元圣，本就是逆天的存在。可奈何没有身世背景，为了自己的狮子狮孙们，他不得已做了玉帝的眼线，时刻盯着太乙天尊的一举一动。而此刻，他也成了天庭四大天门的最后一道屏障。

要想攻入天庭，必先拿下九灵元圣。放眼整个天庭战场，无论是天兵天将还是地府大军，全都紧张万分，目光也全都聚集在了哪吒的身上。

面对这个根本不可能战胜的九头狮子，哪吒战意如泉涌，风火轮火光大盛，抬起火尖枪直刺对方。

可这时候，九灵元圣突然说道："小娃娃，你法宝是真的多，可这道行还是浅了点。"

话音一落，九灵元圣竟然不动声色释放了无上的威压，三太子哪吒只感觉一股压力袭来，即便是风火轮全力推动，愣是不能前进半步。

这战场之上，恐怕只有酆都大帝能与这狮子一战，只可惜勾陈大帝根本不给其脱战的机会。

哪吒眼看无法脱身，三头六臂的他反手挥出阴阳剑，以阴阳二气劈开威压，一跃而起，随后直接出了九龙神火罩。当年封神大战，哪吒就是靠这法宝将马忠烧成了灰。

而这还没完，只见哪吒双手合十，默念灵符秘诀，身上所有法宝紧随九龙神火罩之后。只见九条火龙开路，全部冲向九灵元圣的九颗脑袋。

眼看法宝即至，这狮子老祖一声大喝，天地震动，九条火龙愣是被吹散了。

哪吒虽然知道自己不是对手，可没想到差距竟如此之大，竟被对手一吼破掉。而他更没想到的是，这才只是个开始。

九灵元圣的九颗脑袋瞬间化形飞出，从九个方向咬了过来，见此一幕，哪吒也终于现出了自己真正的法身。

没错，八臂哪吒才是他真正的样子。只是可惜，八臂对九头，仍是处在了下风。不消片刻，哪吒就露出了破绽，而其中一个狮头趁此机会，张开血盆大口就要将他吞掉。

就在这千钧一发之际，雷云四起，天空上一只眼睛猛地睁开，从这眼睛里射下的一束神光逼退了对方，一把三尖两刃刀如一道闪电一般，直直地就插在了西天门的战场之上！

第五十五回 通天法眼

你知道吗，那三头八臂的哪吒和通天法眼的杨戬，此二人若是联手，整个三界都要为之颤抖！

当年的那场封神大战，他们俩战吕岳，大破白骨幡，可谓威震天下。因为都是玉虚宫十二金仙的徒弟，终究是给元始天尊这位老祖长了脸，可也正因如此，他们也注定要引起天庭的忌惮。

三头八臂的反骨仔哪吒自不必说，莲花为牢，莲藕化狱，一身的不屈之魂被迫封印，只留下一具傀儡之身为天庭效力，八臂哪吒从此也只能以三头六臂现世！

而杨戬则更为悲催，相比陷入沉睡之人，最痛苦的莫非清醒的他。这杨戬乃是十二金仙玉鼎真人的得意弟子，他悟得八九玄功，开得通天法眼，元神能够闲游太虚，可谓“三界上下，任其纵横”。只是当年的那一次劈山救母，让玉皇大帝对其产生了芥蒂，为了自己的母亲，二郎神不得已只能就范，在灌江口虚度光阴。

都说通天法眼可看穿世间一切虚妄，辨得一切真伪。天庭众神皆沉醉人间香火，这一切他都看在眼里，可却无力改变。

这样说起来，他才是真正的“我要这法眼有何用？我要这变化又如何”？

可谁能想到，其母亲自从被救出之后，身患旧疾，因玉帝降旨不许她回天庭滋养，最终还是撒手人寰。母亲的离去，也让杨戬彻底无牵无挂了。

听闻三界大乱，地府大军狂攻四大天门，这个二郎神君再也坐不住了，携哮天神犬直上西天门。

而此刻，眼见哪吒大战九灵元圣，因一招不慎身处险境，杨戬睁开天眼以金光逼退了那狮子头。

哪吒抬头看去，喜出望外：“杨大哥，我是有多少年没见着你了？”

九头狮子根本不给他们叙旧的机会，一声怒吼，引得天庭狂风大作。那带有逆天妖气的音波，一段向上直轰杨戬，一段向下冲向哪吒。

这杨戬自有八九玄功护体，堪称最强防御，以肉身成圣的他愣是原地不动，准备硬刚。可哪吒却不同，这音波对他有致命的杀伤力。

眼看音波将至，二郎神旁的哮天神犬终于动了。只见它急速射出，挡在哪吒面前，仰天长啸，在两人面前形成了一道屏障，却是挡住了那音波，这哮天称号还真不是空穴来风。

哪吒此时八臂尽显，法宝也拿在了手里，用灵识传音问道：“杨大哥，下一步该怎么办？”

杨戬于天上并未发声，只是眉头紧皱地看着战场。他知道，这头狮子老祖的修为早已通天，此战是生死难料。

果然，九灵元圣见二人破了音波，并未动怒，还调笑道：“小娃娃们，有两下子，再试试我这招如何？”

话音一落，九道狮头虚影合为一处，形成了一个巨大的旋涡，逆天的吸力瞬间笼罩整个战场，在场不少天兵和鬼将全都被吸了过去，在其口中碎成了渣子。

杨戬想都没想，竟然抄起三尖两刃刀扑了过去，挡在了最前方。下一秒，只听咔嚓一声，这二郎神竟被咬成了两半。

在场众神皆大惊，哪吒的眼里也是瞬间含泪。难道这一战就这么结束了吗？

当然没有，只听九灵元圣发出一声疑问，那被咬为两半的杨戬竟然突然消失了。没错，这正是其撒豆成兵的分身。

杨戬的真身竟然出现在了李靖面前，不等托塔天王做出反应，三尖两刃刀直接插进了其手中的宝塔上。

当宝塔产生裂缝后，漫天的妖气瞬间冲了出来，塔里一双血红的眼睛终于苏醒了过来："李天王，你杀我结拜兄弟，老牛我要你的命！"

第五十六回
混世牛魔王

众所周知，牛魔王堪称妖族第一枭雄，法力无穷，身怀无上功法不说，他也是整个三界唯一一个拥有坐骑的妖怪。其正妻是罗刹族第一美人铁扇公主，小妾乃是万岁狐王的爱女玉面狐狸，大哥青牛精给三清当坐骑，小弟如意真仙被天界安排看守女儿国落胎泉。

这老牛表面上看是毫无背景可言，但却能纵横三界，好不快活。但其实这一切还不都是用尊严换来的。其子红孩儿修得大神通三昧真火，让孙悟空吃尽了苦头。可这神通，老牛和铁扇公主均不会，那他是从哪里学来的呢？

红孩儿生得一副可爱的娃娃身，既没有头生牛角，也没有继承罗刹族男性的丑陋，那他到底是随了谁？

当初孙悟空于九十九重天一怒之下掀翻了八卦炉，致使人间生出了火焰山，方圆几百里人畜无生，能灭此山火的只有铁扇公主手里的芭蕉扇。

为此，每隔三年，当地百姓要先上了供，才能请出公主施法，将火扇灭，这也让铁扇公主有了源源不断的供奉与香火。但是，她这芭蕉扇又是谁给她的呢？

都知道，世间芭蕉扇有至阴和至阳两把，至阳那一把在太上老君手里，炼丹扇火所用；另一把乃太阴之精，能灭火气，也就是铁扇公主那一把。

所有人都清楚，这里面的事儿绝对不简单。三界之人是人人知晓，却无人敢提及。

灵山观音菩萨在收服红孩儿的时候，哪里像是收服妖怪，分明就是在哄骗小孩儿，生怕其磕着、碰着，最后放在自己身边让其做了善财童子，同享凡间香火。

其实这也是奉了灵山佛祖之命，要问为什么？还不是为了示好三界某位大神，佛祖希望天庭与灵山的这场争斗，对方能够睁一只闭一只眼。

此刻，在天庭的西天门处，二郎神杨戬撒豆成兵，以分身骗了九灵元圣之后，竟单手用三尖两刃刀破了托塔天王的宝塔。当漫天的妖气冲出之时，牛魔王也终于彻底苏醒。

当初以他为首，为救孙悟空，携七十二洞妖王大闹南天门，最终老牛被宝塔彻底镇压。至此，众人都以为牛魔王烟消云散了，实则最终被收进了塔内。

李靖之所以对其没动杀手，其一是为了给某位大神面子，其二还是想炼化了其一身的法力。

当初七十二洞王和四万妖族大军皆是尽收塔内，已经有不少大妖被李靖炼化，成了提升修为的养料，但还没来得及食用。

这塔里的妖力早已有了通天之势，当牛魔王破塔而出之时，无数妖魂全都飞入其体内，牛魔王的身体无限地变大，那妖气甚至引来了九重天劫。

老牛睁开血红的双眼，正好看到西天门处的九灵元圣和李靖，随着二郎神杨戬、八臂哪吒和混世牛魔王的齐聚，一场恶战一触即发！

第五十七回
绝世妖祖

反了，全都反了！在天庭的西天门外，五营元帅哪吒反了，就连灌江口二郎神杨戬也反了！

面对三界公认的第一大妖九灵元圣，牛魔王也终将面临自己一生中最大的挑战。

在二郎神巧破宝塔之后，牛魔王携无数妖魂冲出。说起来，这个混世妖王本来也想不问世事，苟活一辈子也就算了。可奈何世事难料，自己此刻身处绝境，如若再退一步绝无可能是海阔天空，而是万丈深渊。

这老牛也久经沙场，只瞟了战场一眼，便知道此战关键不在李靖，而是对面那只九头狮子。

当然在同一时间，九灵元圣自然也发现了他，看着无数妖魂涌入牛魔王体内，或许别人不知道此举何意，可同为妖族的九灵元圣却知道，对方每膨胀一分，这妖力便猛涨一截。

李靖已经修得神体，炼化妖族灵蕴尚且需要逐步吸收，可在这群妖魂自愿的情况下，牛魔王却可以瞬间吸收。

不等对方有所动作，九灵元圣率先发难，他以自身为圆点，展开了巨大的师祖结界，当牛魔王被笼罩其中时直接被压得单膝跪地。无论是修为还是动物本相，皆被压制。

此一幕的出现并不突兀。可谁能想到，这老牛绝非凡类，他竟然直接现了法身，而且还动用了法天相地。只见一头巨大且双眼血红的白牛出现，一声低沉粗哑的吼声，竟直接让那结界应声而碎。

下一秒，老牛弯下了前颈，疯狂地朝着九灵元圣冲了上去。因为他知道，在面对真正的大修为者时，一切法术皆是虚幻，毫无意义，倒不如亮出本体放手一搏。九灵元圣对牛魔王的举动并不惊讶。

惊天的一幕出现了，老牛与九头狮子疯狂相撞。九灵元圣巨大的手掌硬生生地拍在牛魔王的头上，九颗脑袋同时发出怒吼；而牛魔王是死活不肯后退半步。

这时候二郎神杨戬一声大喝：“哪吒，就是此刻!”话音一落，他提着三尖两刃刀就飞了过去，同时还祭出了哮天犬。

没错，这哮天犬实则就是一活体法宝，只见哮天神犬也不断变大，死死咬住九灵元圣的后腿。杨戬更是瞬间刺出几千次攻击，无数的刀影铺天盖地地砸下来，要不是九灵元圣修得圣体，此刻早就成了马蜂窝。

眼见九灵元圣被暂时压制，那哪吒踩着风火轮飘在半空，混天绫再度飞出，配合杨戬将对方死死缠住。随后九龙神火罩与阴阳剑在九灵元圣头顶处合二为一，只见原本的九条火龙化作了阴阳黑白两色，不停围着阴阳剑盘旋。

只听哪吒大喊一声：“给我斩!”那阴阳剑瞬间刺向九灵元圣的其中一颗头颅。而二郎神杨戬那漫天的戟影，也突然合向一处，配合阴阳剑同时砸下。

九灵元圣一时大意，万万没想到眼前这三人竟然能在瞬息之间打出致命一击，仓促之下狮头一躲，但还是慢了一步，一只眼睛被当场刺瞎，血泪也瞬间流下。这狮子老祖无数年间又何曾受过此等重伤，愤怒之下，一股子逆天修为迸发而出，牛魔王也被当场震飞。

杨戬眉头紧皱，这狮子老祖果真了得，这时候一道身影突然出现在了九灵元圣身侧。九灵元圣定睛一看，这不是别人，正是灵明石猴！难道齐天大圣孙悟空和通臂猿猴已经被解决掉了吗?

说话间，狮子老祖猛地抬头，瞪大了双眼，惊呼了一声："不对，你不是灵明石猴!"

第五十八回 双猴大战

你应该不会以为孙悟空就是灵明石猴吧？

那混世四猴与生俱来的混沌天赋，让那漫天的神佛都望尘莫及。莫说灵明石猴的识天时、移星换斗，就单说一个通变化，就能甩开孙悟空十万八千里。

没错，孙悟空的七十二般变化，可谓三界之中最低级的变化之术，级别尚不如天罡三十六变，还存在着两个致命弱点：其尾巴和屁股皆无法变化，这也是当年孙悟空没打过杨戬的根本所在。

没错，这七十二变只是应对天劫之术，并非战斗之法。

可灵明石猴却变化逆天，不但毫无缺陷，甚至还能变得上古妖兽，用得各种妖兽之法，配合其移星换斗之术，这三界上下罕有敌手。

可世间万物皆是相生相克，即便他再强，也要遵天地之大道，循万物之法理，这就是天命！

此刻的天庭西天门战场，风云变幻，鬼神莫测。谁能想到，哪吒跟杨戬居然能配合混世牛魔王打出了惊天的合击，一时间让九灵元圣这个狮子老祖吃了大亏。

当灵明石猴突然出现九灵元圣身旁时，这狮祖本刚想松一口气，可下一秒，顿时大惊！

他本就精通预知之术，当初孙悟空一棒打死他的狮孙黄狮精时，这九灵元圣便在第一时间给算了出来。而此刻这眼前的灵明石猴根本就不是本尊。

果然，那猴子突然转身，一棒子就砸向了他。同一时间，九灵元圣也下意识地回了一爪子，直接将那灵明石猴一分为二。可奇怪的是，躺在地上的可不是灵明石猴的尸首，而是一根两半儿的猴毛儿。没错，这就是一个分身！

这时候，孙悟空脚踏筋斗云，再次于战场上出现。唐三藏看着眼前的悟空也终是露出了微笑。

天庭众神却难掩惊讶之色，这孙悟空气场已然大变，甚至隐隐透着混沌之力。那灵明石猴怎么就成了一具分身？到底发生了什么？

原来，就在通臂猿猴出现之后，灵明石猴知道此乃自己一生之劲敌，立刻化作蛟龙，飞入九天之上。通臂猿猴丝毫没犹豫，提着擎天白玉柱就追了上去。

此二猴乃混世四猴中最顶尖的存在，继承了混沌魔猿一半儿以上的混沌之力，若真留在西天门处大战，恐怕这天庭也不一定受得住。

孙悟空为了求得真相，也是紧随其后，冥冥之中他总觉得有什么在牵引着他。

当飞出好远之后，灵明石猴换了原形，回头朝着通臂猿猴笑道："我就知道你得来，玉帝跟我说过，杀了你，我便是三界第一，而且我的碎地黑玉柱才是最强的定海神针！"

话音一落，灵明石猴手中的棍子黑芒暴起，直杵对方。再看通臂猿猴，始终面无表情，不为所动，抬起白玉柱直接回怼。

众所周知，这通臂猿猴力气之大，能排进上古妖兽前四，非凡类能与之相比。只见通臂猿猴双臂发力，青筋暴起，一声大喝，直接就震飞了灵明石猴。

通臂猿猴一击得手，再次出手，两猴又于空中战了不下百余回合，那一黑一白的两根柱子是越战光芒越盛。

看着眼前的一切，孙悟空在不远处也是心惊不已，那通臂猿猴为何突然出现助自己一方，而他的每一次出手，都隐隐透着佛家秘法，他到底是何来历？

这时候通臂猿猴一棍击退灵明石猴，淡淡说道：“我奉西天弥勒尊佛之命，将你拿下，以止三界大劫！”

第五十九回
混沌神通

你知道灵明石猴和通臂猿猴谁才是万猴之王吗？

或许这一场双猴之战，才是天地棋局真正的关键！但谁都不曾想到，这一战对于孙悟空而言，其意义更加深远。

众所周知，孙悟空纵横天地间，凭的就是七十二般变化和法天相地。可在三界之中，此二法皆是脱不了俗套，会此二法者也不在少数。而这两大法术的巅峰极致便就在灵明石猴和通臂猿猴的身上。

没错，这天罡三十六变、地煞七十二变和法天相地就是众大神从此二猴身上所悟出来的。细想之下，混世四猴的混沌天赋，才是这三界的万法之源。

当通臂猿猴说出是奉西天弥勒尊佛旨意前来助战的时候，远处的孙悟空虽知晓了来龙去脉，可也更疑惑了：当初佛祖一巴掌让他们师徒四人烟消云散，如今西天未来佛祖的此举又是何意？难道说这灵山已然有变？

可还没等他多想，一股气浪袭来，那灵明石猴和通臂猿猴再次交手，只见那一黑一白两根棍子全都冒着未知火焰。虽相隔甚远，可也感受得到，那黑焰虽看似阴寒，却散发着极高的温度；

而那白焰看似炙热，却冒出让人不寒而栗的冰冷。这所谓阴阳二火，正是万物复阴而抱阳，冲气以为和！看似矛盾却又能合为一处。或许在太上老君打造两根擎天白玉柱时，就认为，阴阳和合才是道家真正的大圆满之境。

突然，通臂猿猴的右臂猛增了数倍，举起棍子朝着灵明石猴猛砸了过去。而那灵明石猴再接至第四棒时，已经明显不敌，在力量上，两人差了可不止一个等级。

就在通臂猿猴压制了对方之后，大声喊道："孙悟空，对方这一身的变化之术，你可睁眼看好了！"说完之后，其手中的柱子也随着变粗，那通天一柱再度砸下。

此时的灵明石猴就是再傻也知道，绝对不可硬刚！

下一秒让孙悟空震惊的一幕出现了：这石猴竟然变化成了龙首龟身麒麟尾，这正是镇守北方的四象神兽玄武！

当白玉柱砸下之后，只听"咣"的一声巨响，那玄武愣是纹丝未动。凭着逆天的防御，真就扛住了这一击，那龟壳因是碎地黑玉柱所化，龟背上的黑焰也是越加强盛。

反观通臂猿猴，饶是他力量再强，还是被反震之力逼退了半步。可也就是这半步之差，灵明石猴再度变化，竟化作战神白虎，一爪子就拍了过去。

短短数秒，两大神兽再现世间，若不是宇宙混沌孕育的变化之术，放眼三界又有谁能做到？至于灵明石猴还能使用变化者的特性，才是精妙之所在。

眼看虎爪将至，通臂猿猴侧头一闪，就给让了过去，可这还没完。

灵明石猴怎么可能会放弃这个反击的绝佳机会？只见他反身之后，双腿发力一跃而起，身上突然着起了熊熊大火，随后一声啼鸣响彻万里，这一次他竟然化作了神兽朱雀。

一时间，那熊熊燃烧的烈火将整个九重天都烧得通红，宛如末日景象。

可你们真的以为那灵明石猴是随便变化战斗的吗？当然不是！

这猴子在天庭不知待了多少年，深晓道家法理，更懂五行相克之术。

没错，混世四猴加上孙悟空一共五只猴子，各自占据金木水火土。而在这其中，灵明石猴自身属土，而通臂猿猴却属金，非火不能克制，这才变化了焚尽一切得神兽朱雀。

这时，只见那朱雀扇动那两大羽翼，那炙热的火团铺满了整个九重天。

下方，通臂猿猴将擎天白玉柱立于身侧，大声喝道："孙悟空，这变化之术你看完了，就再让你看看何为法天相地！"

第六十回
五行之源

孙悟空最强的功法可能并不是从菩提老祖那儿学来的，而是天生自带，这样的西游真相，你敢信吗？

当初他拜在方寸山菩提老祖门下，修习了十年之久，可这里边除去砍了七年的柴火，也只剩下三年在修炼法术。在被赶出师门之前，终是习得了大品天仙决、地煞七十二变和筋斗云。

孙悟空与生俱来的最强功法就是法天相地，而孙悟空使出这最强功法也仅有三次。第一次他自方寸山学成归来扬威花果山，迫使各路妖王前来参拜；第二次他大战二郎神杨戬；这最后一次便是硬刚牛魔王。

没错，这个功法就是法天相地，而此法因出自混沌，实则为三界禁术。

施展此法者可化身天地，身高能达万丈有余。放眼三界上下，唯独他与二郎神使得出此法。只因为这法天相地有个非常苛刻的前置条件，那便是肉身成圣。即使上位者大神法力高强者众多，那也仅仅是法力而已。

杨戬肉体成圣自不必说，就说孙悟空，那也是天生圣体，不然的话他出生之日又怎会双眼冒出金光，射穿了那九重天？

而要说这法天相地之鼻祖，那便是盘古，当初盘古大神就是使了此法才开得了这片天地。

当然拥有混沌之力的，除他三人之外，还有那传说中的混沌魔猿。原著记载二郎神在使出法天相地后，容貌大变，那青面獠牙、赤发怒目的样子，俨然就是一尊魔神！

当初他与孙悟空同时开启法天相地大战，孙悟空使出此法后，嘴脸也与二郎神一般无二，这一切绝非巧合，因为他们使的都是初阶法天相地。

而真正得此法精髓的却是通臂猿猴。灵明石猴掌握了通变化移星换斗的混沌之术，通臂猿猴却掌握了拿日月、缩千山的混沌之身！

如果真完全施展了法天相地，施法者的样貌也将完全变成混沌魔猿，这也是为何二郎神和孙悟空使出此法后，会变得青面獠牙的真正原因。

此刻，灵明石猴化四象神兽大战通臂猿猴，其逆天的变化之术刚一施展，不远处的孙悟空调动六耳猕猴天赋，将这一切细节尽收双目之内。只是他早已看得愣住，自己的七十二变与之相比根本就上不了台面。

当灵明石猴化作朱雀以漫天火云笼罩九重天时，通臂猿猴的力量似乎被削弱了不少，这五行相克之术，谁也逃不掉。都说混世四猴不在六道之内，不入五行之中，但其实他们四个加上孙悟空，才是这世间的五行之本源。

天地之性，众盛寡，故水胜火；精胜坚，故火胜金；刚胜柔，故金胜木；专胜散，故木胜土；实胜虚，故土胜水。

那朱雀两大火翼用力一扇，漫天的火团全都扑向了对方。通臂猿猴丝毫不惧，那擎天白玉柱瞬间暴涨，而他自己同时释放法天相地第一层，一个万余丈的巨大金刚出现，抡圆了巨棍，硬是将火团全部抵挡在外。

那火并非凡火，通臂猿猴本就被克，若是身中此火，实力也将被无限削弱。

眼看此招未见成果，灵命石猴嘴角微微一翘，显然还有后手。只见他再次凝聚出漫天的火团之后，并没有立刻攻击，而是再度一飞冲天，于空中由朱雀再化神兽青龙，这青龙本就是四方神兽之首，身具神秘的力量。

当一阵青芒闪现之后，九天之上，无数的天外陨石出现，随后这些陨石全部都被火团包裹，再次砸向通臂猿猴。这一次，通臂猿猴终于不再保留，将法天相地彻底释放。

孙悟空亲眼看到，一个巨大的魔猿出现在了自己的面前，这场面放眼三界谁能见得到？只见那魔猿突然暴起，竟然仅凭自己的身体撞碎了面前所有的天外火焰陨石。

这一场双猴之战，也终于到了最终的时刻！

第六十一回
万猴之王

孙悟空的真实身份到底是什么？为何出生便已成圣？

他真的只是当年女娲圣人用来补天的一块五彩神石吗？

要知道东胜神洲花果山，这个地界乃是四大部洲之一，而这四大洲的诞生却出自盘古大神之手。没错，这花果山和那块灵石伴随开天辟地而生。

盖自开辟以来，每受天真地秀，日精月华，感之既久，遂有通灵之意。内育仙胞，一日地裂，产一石卵，似圆球样大。简单来说，就是这石头诞生于女娲补天之前。

而且，孙悟空出生在女娲补天之后。玉皇大帝和菩提老祖都说过同样一句话，那便是此猴乃天地精华，天为父，地为母，而这天地又应混沌而生。说到这儿，其真实身份已然是呼之欲出！

而此时灵明石猴与通臂猿猴的惊天一战，更是将这真相无限地拉近。

当通臂猿猴完全释放法天相地之后，孙悟空体内的斗战之火突然就燃烧了起来，他心里清楚：即便自己并非混世四猴，但这里边一定有着莫大的关联，不然当初六耳猕猴与赤尻马猴为何能与自己直接融合？

再看前方，当无数的天外陨石砸下之时，那通臂猿猴依然化作了魔猿一飞冲天，那强悍的身体，将所有陨石都撞得粉碎。

灵明石猴万万没想到，对方竟然无视五行相克之理，那一团团的神兽之火愣是没起半点作用。

这眨眼的工夫，那魔猿伸出右臂，一把掐住了青龙的脖子，窒息感也瞬间传遍了灵明石猴的全身。战斗到了此时，这石猴满眼皆是不服，还歇斯底里地嘶吼道："想抓我？你做梦！"

话音一落，灵明石猴的身上金光一闪，凭空消失，出现于百米之外，在通臂猿猴手里的青龙已经变成了天外陨石。

没错，如果说混沌变化之术就是灵明石猴最强攻击手段的话，那这移星换斗便是他最强的保命之术。

只是可惜，此时的他对通臂猿猴还一无所知。这通臂猿猴只用了法天相地，那一身拿日月、缩千山的本事儿根本就还没亮出来。只见通臂猿猴张开巨大的手掌，整个空间开始变得扭曲，周围的天地突然开始收缩。

灵明石猴大惊，不停地使移星换斗变换位置，可就是逃不出这方天地。眼看自己是避无可避，灵明石猴现出原形，举起碎地黑玉柱直直地就砸了过去。

这时，通臂猿猴的身上一阵佛光暴起，也同时举起的擎天白玉柱，两大神针彻底相撞后，神奇的一幕发生了，那擎天白玉柱竟然吞噬了对方的碎地黑玉柱。而这个柱子也变成了黑白双色，那柱子上燃起的火焰瞬间阴阳和合，完全交融！

灵命石猴彻底愣住了，直至此刻他仍是无法相信自己居然败得如此彻底。

"为什么？这不可能。我是万猴之王，我才是万猴之王！"

通臂猿猴将他一把抓过，怒喝道："三界大劫，你我皆为蝼蚁，你一直都被骗了！这万猴之王，你不是，我也不是，他才是！”说完之后直接指向了不远处的孙悟空！

还没等灵明石猴反应过来，通臂猿猴单手掐着其脖颈处，直接踹了出去，将对方打入了孙悟空体内。

这一幕发生得太快，以至于孙悟空根本没法作出反应，只觉得一股磅礴的混沌之力在自己体内横冲直撞。孙悟空下意识地问道：“我到底是谁？你为什么要帮我？”

而通臂猿猴淡然地只回了一句：“当初你师徒四人落难乌鸡国后，你身落地狱冥塔，天蓬元帅闯入女儿国，而你师父和卷帘大将便做客小雷音寺，至于我为何助你，你师父自会给你答案。你我还会再见！”话音一落，通臂猿猴直接离开了这里。

孙悟空借助灵明石猴的混沌之力，终于成圣！

当他回到战场的时候，漫天妖鬼神魔尽知，这天庭四大天门必破！

第六十二回
攻破天门

你知道主宰三界霸权的天庭，实力有多雄厚吗？

那百万的天兵天将，愣是将数以千万计的地府大军全都拒之西天门外，十殿阎罗束手无策；酆都大帝被四御之一的勾陈大帝逼得脱不了身；即便是八臂哪吒和二郎神杨戬当场反水，可还是要面对九灵元圣这座大山！

但他们谁也不能退，他们退了，这芸芸众生怎么办？一直以来的信念又该怎么办？

孙悟空吞了灵明石猴之后，正式坐实了齐天大圣的称号，不再徒有虚名。这战场之上，九灵元圣与他之间必然要有一场生死人战！

要知道，当年孙悟空对九灵元圣的七个孙子可是下了狠手，若不是太乙救苦天尊及时赶到，这九头狮子说不定当场就废了这猴子。

断子绝孙向来都是大仇，当看到孙悟空于九重天上再度降临战场的时候，九灵元圣并未出声，整个战场也是异常安静。

“孙悟空，老夫那几个孙子惨死于你棒下，此仇不共戴天！今日天尊不在，我定让你形神俱灭，以慰我几个孙儿之灵！”说完之后，九灵元圣发出惊天一吼，只这一声，上通三清，下彻九幽，引得天上地下动荡不止。随即七缕狮魂出现，全都扑向了孙悟空。

齐天大圣定睛一看，这七个狮子正是被自己打死的黄狮、狻猊、抟象、白泽、伏狸、猱狮和雪狮精。孙悟空微微一笑道：“活着时尚且翻不起风浪，今天俺老孙就让你们再死一回！”话音一落，孙悟空抄起棒子，双腿一蹬就冲了上去，他的眼里只有九灵元圣而已。

此一幕的出现，也无疑让整个战场形势剧变，十殿阎罗以九幽之力齐声法令，地府大军再度冲阵，这攻破四大天门的时机，就在此刻！

二郎神杨戬手执三尖两刃刀一马当先，独战天庭几十名大将！一时间刀影重重，风云掣电，这三界第一神将绝非浪得虚名。

一旁的八臂哪吒，眼睛死死地盯着托塔天王李靖，咬牙切齿地问道：“当初封神大战，你为何骗我诛杀人族大军？当初四海龙王逼我自尽，你为何不敢站出来以示公道？为神，你对不起芸芸众生；为父，你对不起亲生骨肉！你可别忘了，你是天神没错，可你也曾经是人！”说完之后，火尖枪燃起熊熊烈火，风火轮暴涨，哪吒直取李天王！

这父子大战可谓怨气冲天，孰对孰错，又有谁能说得清楚！

再看另一边，牛魔王见到孙悟空再度出现后，一股子热浪涌上了心头，一时间时老泪纵横：自己这几个结拜兄弟惨死，没想到猴子居然还活着，这怎能不令之动容？

这头大白牛发出一声嘶吼之后，顶着巨大的牛角，无惧众天兵的刀枪剑影，直接撞向了西天主柱，这屹立了无数年间的西天大门轰然坍塌，在场几十万天兵全都愣在当场。

李天王、九灵元帅和勾陈大帝皆被缠住，天庭一方此刻时群龙无首、乱作一团，片刻的功夫，地府大军的无数阴魂和僵尸全都冲了进去。

没错，四大天门在这一刻彻底失守！小白龙飞入上空朝着龙族战士们大喊：“三界不公，你们敢不敢随我打进天庭，还我龙族荣耀！”只此一句，万龙咆哮，铺天盖地地全都飞入天庭。

可也就是这一惊天的动静，在人界和天庭深处，几双眼睛突然睁开！

这场天庭大战，悬念再起！

第六十三回
五极战神

这三界一直传闻红孩儿并非牛魔王的亲生儿子，你以为这真的只是空穴来风吗？

铁扇公主芭蕉扇的来历尚且不论，关于上界这位大神的传闻可也不止这一个！

当初唐三藏师徒四人路经平顶山，遭遇金角大王和银角大王刁难，在抓住唐僧之后，这俩妖怪在第一时间便派手下邀请压龙山压龙洞的干娘一同来享用。

没错，她就一个九尾妖狐！

注意了，金角和银角的真实身份是谁，可谓三界尽知！地位尊崇的他们竟然认一个妖怪为干娘，你们就不觉得奇怪吗？

这个干娘九尾妖狐其实不是别人，正是封神之后音讯全无的苏妲己！莫非如此，这两位三清座下童子的这句“干娘”，放眼三界谁受得起？至于为何唤妲己为干娘，恐怕也只能大家自己去悟了。

也正因有这些蛛丝马迹，所以让红孩儿并非牛魔王亲生这一传闻，显得更加扑朔迷离。而此刻，当天庭四大天门彻底失守之后，红孩儿的真实身份也即将彻底揭晓！

无数阴兵鬼将涌入天庭中枢，直捣凌霄大殿，猪八戒于东天门处早就闯了进去。至于他那里发生了什么，此刻还不得而知。

而在重兵把守的西天门处，李靖已经被哪吒打成了重伤，眼见三军统帅狼狈至此，天兵天将一时间战意全无！

平日在三界中，他们早就骄横惯了，试问，哪个大妖没被他们凌辱过？哪条龙没被他们欺压过？

可就在今日，三界剧变！这群他们曾经看不起的蝼蚁，他们根本就拦不住！

而齐天大圣孙悟空也没给九灵元圣任何的机会，明显是对方轻了敌。只见孙悟空窜到其面前，竟直接使出了移星换斗之术，不停地在对方周围闪现，可谓“来无影，去无踪”。那九灵元圣愣是跟不上其速度，彻底慌了神儿。

下一秒，孙悟空手中的如意金箍棒突然就燃起来黑色的火焰，无数道棒影轰然砸下，将九头狮子的九颗脑袋照单全收！

这妖圣纵横了三界多年，还是没有逃过天命！一颗摧残的妖丹漂浮而出，一代妖圣就此落幕！此一战之后，这三界妖圣也就只有孙悟空一人！

可就在这个时候，只听天庭内部一声巨响，无数飞龙和阴兵鬼将全都被崩飞了出来。五道神光降临，杀意弥漫全场！

只见一直与酆都大帝交手的勾陈大帝突然嘴角上扬，说道：“天庭权威不是你们能撼动的，想进凌霄宝殿，恐怕他们不同意！”

原来降临战场的五道神光，乃是勾陈大帝手下南极北极天空大地人中五大战神！

或许三界之人少有人知这五极战神到底有多强，但要知道，当年在洪荒时期天帝帝俊曾因担心这五人实力过强，恐被架空政权，而把他们流放去镇守天地，由此可见其实力有多么恐怖！

除了他们，天庭四御中统御万星的紫薇大帝和统御万灵的长生大帝也凭空出现，那九耀星君就伴随其二位左右，庞大的气场瞬间全开。万魔皆退，根本就不敢近其身！

只听勾陈大帝大声喝道：“五极战神，动手拿下叛军！”

说时迟那时快，五柄大剑同时祭出，直刺冲在最前面的牛魔王，其气势之强让人避无可避！

刹那间，一团冲天的三昧真火冲入战场，随后一小小的身影挡在了老牛身前，大喊：“别伤我父亲！”没错，这来的正是红孩儿！

眼看儿子出现，老牛的眼睛里闪现出一抹复杂的神色。

当五把宝剑近在咫尺时，老牛还是上前一步扛了下来，五柄大剑全都刺入其身体。至此，这头大白牛轰然倒地！

一旁的九曜星君等嘲笑道：“孙悟空的结拜兄弟也不过如此！”

这时，在凡间界一座道观里，一束金光直上九天。

第六十四回
圣人之下

你知道万寿山五庄观与世同君的镇元子，他活了多少年吗？

这个地仙之祖，从混沌初开直至唐三藏西天取经，存于世间共计四万七千余年。莫说是在凡间界，就算在这天上，也无人敢对其不敬！这老道不拜三清，不奉如来，与天地同寿。观音菩萨见了也要礼让三分，称其为“先生”。

而你不知道的是，其座下整整四十八名弟子，两三万年寿数的不在少数，就算是最小的清风和明月也是活了一千两百年之久。

要知道孙悟空诞生之后，于花果山浑浑噩噩地度过了三百多年，拜师灵台山又过去了二十年，后被天庭招去做了弼马温，又大闹天宫，再到被如来佛祖压在五指山之后，加在一起也不过一千岁出头。

当初镇元子受邀到上清天弥罗宫听元始天尊讲座，带走了所有弟子，只留清风明月看守人参果树。

要知道，这西行之路妖魔神佛尽出，那大修为的万妖之王也不在少数。为了一块唐僧肉，整个三界的大妖都为之疯狂，镇元子又怎会不知自己这人参果的诱惑力。

可即便如此，他仍然放心地让清风明月守家，这不是对自己弟子实力的肯定又是什么？

但就是这位实力与势力皆已通天的大神，却让人百思不得其解：为何会与孙悟空结拜兄弟？

仔细想来，能让他跨越辈分如此行事的原因只有一个，他要结拜的从来都不是孙悟空，而是孙悟空的真实身份和其背后一直隐藏极深的师父——菩提老祖。

没错，放眼三界，知道菩提老祖为何人并不多，而这镇元子就是其中之一。

此刻，天庭四御中的勾陈大帝、长生大帝以及紫微大帝齐聚，这几位的实力远远超过了地府这边。因此，十殿阎罗和众神将皆不敢上前。

眼看牛魔王被五极战神重创，那五把大剑刺穿其身体后，肃杀的剑意并未消散，直冲身后的红孩儿。只听一声惨叫，竟直接将他打出了原形，一颗冒着火焰的神丹缓缓落下。

可就在这个时候，一道拂尘虚影闪过，只听“砰”的一声，那五极战神突然都被抽飞了出去。

随后在这天上，一双巨大的脚印凭空出现。这脚印每向前一步，磅礴的大地之力无限地往下。走不出三步，除三位天帝和酆都大帝之外，其余所有人皆腰身下坠，根本直不起身！

还不等这人亮出身份，长生大帝上前一步大声说道：“地仙之祖，我天庭与你向来礼遇有加，井水也向来不犯河水，难道你真要蹚这浑水，引三界大乱吗？”

没错，这来的正是镇元子，这股大地之力实则就是重力。试问，能调动大地重力为己所用的，除了地仙之祖还能有谁？

这时镇元子也终于现了身，慢慢回道：“长生大帝别来无恙啊。这三界可是你们的，乱与不乱不也全在天庭的一念之间吗？这群人舍命反天，你不会以为他们是闲的吧？老道我活了近五万年，人间疾苦也看了五万年，自是清楚，天庭当有此一劫！”

说完，镇元子侧头看向了唐三藏，微微点头，不知为何竟略带敬意。这一幕孙悟空也是看了个满眼，他早觉得自己这个师父有点不太对，此时更是一头雾水！

而下一秒，镇元大仙突然看向了猴子，慢慢说道：“你我自结拜之后，未曾有过交集，今天你可敢随为兄与众天帝一战？圣人之下我无敌，圣人之上一换一！”

第六十五回
地书奇经

你知道万寿山镇元子在整个三界中，辈分到底有多高吗？他的一句“圣人之下我无敌，圣人之上一换一”，你真以为是在吹牛吗？

这老道只拜天地不说，拜地时还只拜一半儿，只因为就算是地，也受不起地仙之祖的香火。说起来三清是他朋友，四帝是他故人，九曜星君是他晚辈，漫天的星宿皆是其下宾。

当初孙悟空砸了人参果树，跑去蓬莱仙岛向福、禄、寿三星求助，结果呢，这三星见镇元子行的是晚辈之礼。

可就是这么一个辈分极高之人，却惨遭上位者众神们的忌惮与偏见。当初如来搞了个盂兰盆会，在各方大佬齐聚的盛会上，却无人理会地仙之祖，唯独如来的徒弟金蝉子上前给他敬茶！

这也是镇元子特意安排清风和明月二人为唐三藏递上人参果的真实原因！

虽然镇元大仙的实力尚不及三清，可他却拥有一件震慑三界的宝物，那便是地书《谈地真经》，也叫《山海经》。

众所周知，世间有三本奇书，皆由混沌青莲的天地人之叶所化。

天书《封神榜》，也叫《真灵圣榜》，为元始天尊所有，封印了三界共计三百六十五名天神，以保三界安稳；人书《生死簿》，又名《三生冥书》，为九幽素女所得，掌众生轮回往生，庇佑人族气运；这最后一本地书，便就在镇元子的手里。若真是以命祭书的话，圣人之上一换一他还真能做得到。

此刻在天庭内部，三界群雄齐聚，地仙之祖的突然出现让这场三界叛乱显得扑朔迷离。

只见地仙之祖抬手一挥，在场所有人皆被震退，随后他大声笑道："今日老夫便与诸位天帝过上几招！"话音一落，他抬手结印，天庭突然剧烈晃动，只见这空中，无数道掌印直冲了过去。

善于防守的长生大帝上前一步大喝："地仙之祖好气势，我来领教一下！"随后一堵由无上修为凝聚的法力屏障出现，那无数道掌印全都拍在其上，一时间轰隆声炸响不停。

勾陈大帝则突然回头质问起了北极紫微大帝："三界谁人不知，酆都大帝乃是你在幽冥界的化身，今日怎么助叛军与我等为敌？你手下天蓬元帅猪八戒大闹东天门，这一切你可都脱不了干系！"

听闻此话，紫微大帝表情淡然地回了句："酆都大帝是我的一具化身不假，只是这无数年间，他早以幽冥之力化出了灵识，他所做所为又与我何干？"

俩人正说话间，又是一声巨响传来，只见镇元子与长生大帝过了一招之后，俩人同时对冲又对了一掌。

这些传说中的大神根本就不屑使用法宝，拼的就是修为！镇元子虽弱于三清，但却比天庭四御强上半分！本就善守不善攻的长生大帝终是在一掌之下，后退了数步。这一个交手，高下立见！

俩人对掌产生的冲撞力，散了开来。酆都大帝立刻开启结界护住了地府大军。

勾陈大帝一直主三界杀伐，本就是个暴脾气。二话不说，其手中宝剑直接插入了地面，同一时间，大地裂开了数条大缝，无数万计的金色光剑不停地冒出，直射镇元子。

这还没完，在金光折射的效果下，那天上也再生无数金色光剑，铺天盖地，根本就没给镇元子留任何退路！

但是，地仙之祖他需要退路吗？只见镇元子抬手一挥，那一展袖袍无限放大，竟直接将所有光剑都吸了进去，一个都没落下。

这三界巅峰的一战，是你来我往，让人眼花缭乱。

可谁都不曾发现，一个声音传到了紫微大帝的耳朵里："伯邑考，好久不见了，可还记得我这个老熟人啊？"

这个声音正是出自幽冥地府的实际掌权人东岳大帝，也就是大商朝人皇帝辛的头号大将黄飞虎。

第六十六回 天道封神

芸芸众生所熟知的大商朝纣王昏庸残暴，实则是上位者大神安排于凡间上演的一出大戏。而这一切都只是为了掩盖人皇陨落的真相。

若不是唐三藏师徒四人和三界群雄联手大闹天庭，恐怕世人早就忘了，当年被剁成肉馅的伯邑考被封作了四御中的紫薇大帝，而纣王手下的头号大将黄飞虎被封东岳大帝，甚至申公豹与闻仲闻太师也在其列！

这些凡间强者，若不封在神榜之内，天庭众神又怎么可能睡得着觉？

此刻在天庭的战场之上，地仙之祖独战勾陈、长生两大天帝，虽看似游刃有余，但实则已经现出了疲态。这三个人自然都拥有杀招，可在这天庭之上谁敢放手一战？天庭若是塌了，三界只会更乱！

这时候，勾陈大帝以剑指天，引紫雷神电凝聚于上空，随后巨大的雷劫从四面八方瞬间急冲而下；而长生大帝随手一挥，一股沉重的能量迅速将这雷劫包裹其中。

见此一幕，在场地府群雄，包括唐三藏等人全都不敢轻举妄动，此一战的级别早就超出他们的预料。

场上的镇元子，在连续挥动了两次拂尘之后，愣是没有撼动那雷劫半分。两大天帝出手，试问，三界之人谁敢争锋！

无奈之下，镇元子竟盘膝而坐，拂尘一甩，单手捏指，不知念的是何法诀，只听周围轰隆声不断炸响。在凡间界，大地不停摇晃，源源不断地渗出大地能量直冲天庭，随后这股子大地之力直接在空中与雷劫相撞！

在场众人皆被惊住，此一幕绝对算是真正意义上天与地的较量，可奈何镇元子显出了疲态。那道紫雷开始不停地往下压，勾陈这个杀伐大帝更是打急了眼，突然再度发力。这雷要真劈下来，恐怕天庭都要被打成废墟！

就在这个时候，一阵清风吹过整个战场。下一秒奇迹发生了，空中那股大地能量和神雷紫电原本霸道狂躁，但不知为何，被这股清风吹过之后，竟显出了阴阳和合之象，不消片刻化作了虚无，就好像什么都没发生一样。

再看天上，两个道童骑着一头大青牛走了出来，这正是道家的金灵和银灵，也就是大家所熟知的金角与银角。

没错，那股清风也是来自那三十三重天上的兜率宫，那出手之人是谁自不必都说。

只听道童金灵开口说道："家师有命，'人法地，地法天，天法道，道法自然'，一切皆是天意，众天帝切不可违天道之法理！"说完，一旁的银灵不知道祭了什么法宝，将奄奄一息的牛魔王和还在地上燃烧已变为火灵丹的红孩儿给收了过去，转身离去。

这太上老君明显话里有话，勾陈和长生大帝也是一头雾水，只有紫微大帝若有所思。

这时候，幽冥地府大军中突然让出了一条路，地府掌权人东岳大帝走了出来，他目视全场众神，威严大喝：“诸位天神，事已至此，再继续争斗也大可不必，众生皆苦，三界尽知，何不求玉帝给个说法呢？”

勾陈大帝似有怒意，刚要说话却被紫微大帝一把拦住。

“勾陈大帝，难道你没发现，这天庭除去我等，诸位大神皆不曾露面，再加上太上老君刚才那句话，难道你还没明白吗？”勾陈大帝一听，也是一愣，什么意思？难道这发生的一切皆在天意之内。

眼看场上众神皆是不语，齐天大圣孙悟空突然暴起：“四大天王绝我猴子猴孙，所谓佛道之争，害我师徒四人万劫磨难，玉帝老儿，你必须得给俺老孙个说法！”

说完，孙悟空急射而出，直奔凌霄宝殿！

可就在这个时候，一声让人头皮发麻的惨叫声传遍整座天庭，这声音出自广寒宫！惨叫之人也不是别人，正是入魔的猪八戒！

第六十七回
广寒月圆

你知道天庭广寒宫是个什么地界吗？你真以为那是个美轮美奂、令人神往的仙界神宫吗？其实你错了！

单看名字也知道，这就是个广阔又寒冷的宫殿，而里面住着的，也是一群心死之人！

众所周知，这广寒宫之主乃是天阴星君，除他之外，月神、月光娘娘、嫦娥和吴刚也住在其中。

当年猪八戒酒后戏耍嫦娥，让三界之人全都记住了嫦娥的美貌。但你知道她的本体到底是个什么吗？没错，就是蟾蜍，俗称癞蛤蟆，这也是广寒宫被称作蟾宫的真实原因。

嫦娥其实也是可怜之人。世人只知她本是后羿之妻，因偷吃了西王母赐给后羿的不死药，便抛弃丈夫独自飞上了天宫。但屈原在《天问》这部作品中提到：嫦娥有此一举完全是因为后羿与河伯之妻，也就是洛水女神甄宓有染，这才惹恼了原配夫人嫦娥，从而出现了偷吃丹药这一幕。

无独有偶，为情所害的除了嫦娥，还有吴刚。当初吴刚为了修仙道离家三年，结果炎帝之孙伯凌趁其不在，与他妻子私通，还生下三个儿子，吴刚一怒之下手刃了对方。

也正因此事，炎帝才发配他去广寒宫砍不死月桂树。那树高达五百丈，即砍即合，就算是砍一辈子也砍不到头。这等惩罚比杀了他还要可怕！

可就是这么个让人饱受人情冷暖的地方，却也有着不为人知的故事。

因为玉兔每日要食仙草，广寒宫内的众仙子常常前往天河两岸采摘，这一来二去，便与掌管天河的猪八戒熟络起来，慢慢地演变为了私会。

所以，那些年间，猪八戒的鏖战之法一天都没落下，而广寒宫这地方也成为他唯一的执念。这就是为何在取经路上，他还屡屡提到广寒宫的原因！

此刻，在太上老君出手之后，镇元大仙与两大天帝的斗法也暂时停息。放眼三界，谁敢违逆三清之令！

再说地府一方，除了酆都大帝，还有个东岳大帝，真要打起来，天庭也不见得能占到便宜。

因此，眼看孙悟空直奔凌霄宝殿而去，三大天帝无一人阻拦！

这时候镇元大仙笑道："事已至此，看来也无需我老道做什么了，诸位上神有缘再见！"话音一落，只见金光一闪，镇元子化作一缕元神凭空消失了。

可也就是这一幕却镇住了勾陈大帝！没错，凡间界那道观里，地仙之祖从始至终就根本没动过地儿，而在天庭与二位天帝大战的，不过就是其一缕元神罢了。

当元神归位之后，镇元子睁开了眼，喃喃自语："白棋避让，下一步，执黑，落子灵山！"单从这一句便可看出，目前发生的这一切，皆在棋盘之内！

再说天庭战场，就在孙悟空直奔凌霄宝殿的时候，广寒宫内竟传出了猪八戒的一声惨叫，这到底怎么回事呢？

原来，从一开始，彻底入魔的猪八戒独闯东天门，这道天门本属太乙救苦天尊把守，可不知为何，始终不见其露面。

当初李靖派手下四大元帅分散防守四大天门，可一个天兵元帅哪打得过入魔的猪八戒！老猪他血红着双眼，嘴里不停地念叨着广寒宫，显然是执念过深。其上宝沁金耙之下，当场打死不知多少的天兵天将，最终猪八戒闯入天庭，直奔广寒宫。

多少年来，除了玉皇大帝，谁也不许进出此宫，就连出去采草的仙子们也要随时报备才行。因此，广寒宫附近向来冷冷清清。

猪八戒这一靠近，给门口两个天兵吓了个够呛，还没等出声就被猪八戒当场打死！这里面宫殿深处，一颗无比璀璨的珠子正不停地渗出极致阴寒之气。

这时候，身处战场的太阴星君猛地睁眼，暗叫一声："不好！今日正是阴气最鼎盛的中秋月圆夜，这猪八戒他难道要……"

第六十八回
广寒拜月

你知道中秋月圆之夜，在广寒宫里发生了什么吗？你真以为传说中的黄鼠狼拜月，只是空穴来风吗？

世人都知那天上的月亮，平时只有一半儿在发亮，呈月牙形状，只有在每年的中秋之际，才会全部发光，成就月圆之夜。

可也就是这月圆之夜，也正是三界中，极阴极寒之气汇聚之际。但凡修了些道行的凡间妖物，皆在此夜连宿吐纳内丹，也不为别的，只求沾得半点阴寒之气，修为能精进半分！

说起这阴寒之气也是非同小可，西方狼人见满月而变身，东方众妖见满月而齐聚狂欢。可凡人见了却会被其影响，激发体内躁动而行不法之事。这也是古人传承下来，中秋举家团圆、减少外出的真实原因。

这一切的背后其实也都与天庭深处的广寒宫脱不了干系。可谁能想到，就在猪八戒入魔，硬闯广寒宫之后，这真相也随之浮出了水面！

此时当猪八戒推开广寒宫大门的时候，那股子逆天的寒气直扑其面门，这寒气精纯无比，修为稍浅者触之即死！但老猪却是一副极为享受的表情。原来，猪八戒之所以入魔，执念广寒宫，全是因为体内的鏖战之法。

当初他鏖了女儿国一国的邪魅妖魔，鏖战之法虽是大成，可邪魅终是邪魅，最终因此入魔，鏖战之法自行运转根本就停不下来。这本就是采阴补阳之术，定然会被极阴之地吸引，这才催促着他横冲直撞，直入广寒宫。

只见，广寒宫有的宫殿最上方飘浮着一颗璀璨耀眼的月珠，不停地吞吐阴寒之气。猪八戒一看，难掩满脸的贪婪之色，就那么走了过去。

可他哪知道，那月珠底下，宫殿后面，还蹲着一只巨大的癞蛤蟆！没错，这颗月珠也不是别人的，正是它的巨大妖丹！

当猪八戒靠近宫殿的时候，似乎惊动了整座广寒宫。在这片孤寂寒冷、极为昏暗的天宫内，一双双密密麻麻的眼睛陆续地睁开，竟有数百只小蟾蜍围绕着宫殿，吞吐着内丹。那画面也是诡异到了极点！

这巨大的宫殿，有一只如山一般大小的巨蟾，还有一个如同行尸走肉一般不停砍树的吴刚。要不是入了魔，猪八戒看见后也必然会吓得瘫坐在地上。

只是此时的猪八戒，已经等不及了。他一飞而起，直扑月珠，在半空中就现出了原形，张开了那一嘴的獠牙就生啃了起来。

随后那鏖战之法的巨大旋涡再次出现，广寒宫内所有的蟾蜍内丹皆被其吸了个一干二净，可意外的是，那巨大的蟾蜍竟也没有反抗，反而还留下了两行眼泪！

原来这巨蟾不是别人，正是嫦娥。那群小蟾蜍便是广寒宫内的仙子。这群人也是命苦，本有倾国倾城之色，却被玉帝赐了妖丹，变为蟾蜍打入了广寒宫，做了收集阴寒之气的工具。每逢阿沫元年的八月十五，这一宫之人全都会现出妖形，吞吐内丹。

这也是为什么，只有这一天才会看到满月的原因。没错，平日月亮黑暗的一面正是广寒宫，而满月则是因为嫦娥吞吐的内丹照亮了这一片天地。

凡间的黄鼠狼拜月也好，还是野狼嚎月也罢，也不过是为了沾点光而已！

不消片刻，猪八戒的鏖战之法彻底圆满。一股子天神之息在其体内横冲乱撞，猪八戒一声惨叫，竟化作了人形。都说猪八戒其实长得俊美，英气逼人，果然不假。

今日之后，猪八戒天蓬真身归位，虽仍是猪身，但每逢满月必会化回人形。

这时，只见猪八戒在清醒之后，抄起上宝沁金耙直入凌霄宝殿。

再说齐天大圣孙悟空来到凌霄宝殿门前时，竟发现没有天兵把守，宝殿内也是漆黑无比，可他刚踏进去半步，大殿内一双眼睛猛地睁开，大声说道：“妖猴！给朕跪下！”

第六十九回

天地大劫

世人皆知，玉皇大帝历经了一千七百五十劫才做得三界霸主，享得无极大道。但你知道他的实力究竟强到了何种地步吗？

当年齐天大圣孙悟空大闹天宫，当着如来佛祖的面，说什么“皇帝轮流做，明年到我家”。就这一句话，愣是给佛祖听乐了，佛祖一句“你那厮乃是个猴子成精，焉敢欺心，要夺玉皇上帝尊位”，直接点明了孙悟空与玉皇大帝之间实力上的差距，犹如鸿沟一般不可逾越。

说起来，这玉帝又称昊天金阙至尊玄穹高上大帝，乃是诸天之帝、仙真之王、至尊之主、三洞仙真，有征召四海五岳之神的权力，万神皆在宝殿伴其左右。

据《高上玉皇本行集经》记载，玉皇大帝本姓张，乃是昊天界上光严净乐国王与宝月光皇后所生之子，他自幼修持，从未有过停息。这一修甚至修了整整两亿两千六百八十万年，要知道，其一千七百五十劫中，每一劫那可都是十二万九千六百年，这凌霄宝殿的宝座，他坐的也是实至名归。

至于能让如此一个大修为者能称为“劫”的存在，也成为三界最大的秘密。辗转多年，这秘密即将被孙悟空彻底知晓！

此刻，齐天大圣带着无比的愤怒直冲凌霄宝殿，他就想问一问玉帝：三界混乱至此，漫天的妖魔神佛胡作非为，难道这芸芸众生在他们眼里就永远只是香火而已吗？

可这一回，他来过无数次的凌霄宝殿却与之前大有不同，气场压抑得让人不寒而栗。

当孙悟空踏入大殿半步之后，玉帝猛地睁眼一句："给朕跪下！"瞬间整座大殿狂风暴起，这突如其来如若实质的威压，竟让齐天大圣下意识地真就产生了下跪之意。

孙悟空虽定住了身形，可内心终是大惊，这玉帝老儿果然不简单。还没等他想完，只听几道极具威严的龙吟响起，那玉帝宝座上的九条金龙全都活了过来。金色光芒无比耀眼，瞬间照亮了昏暗的大殿！

下一秒九条真龙齐齐张开了巨口，九道龙炎直射了出去。而孙悟空也是好生了得，竟然躲都不躲，他拽出金箍棒的同时，那棒子上猛地燃起黑炎，巨棒一扫，瞬间两火交融，黑炎丝毫不落下风，甚至隐隐出现压制之势！没错，这黑炎正是灵明石猴的碎地黑玉柱的特质。

看着眼前的一幕，玉皇大帝于宝座上轻蔑地一笑，抬手间，龙炎和黑炎全部消散，就好像从没出现过一样，然后淡淡地说道："果然，灵明石猴这个废物还真是成不了气候！说起来，你师徒四人于灵山上差点儿烟消云散，怎么不去那里去闹，反倒引大乱于我这里？"

面对宝座上的玉帝，孙悟空眉头紧皱，再不敢如以往般轻视。现在想来，这老儿能坐上那位子，靠的绝对是实力。

随后慢慢回道："灵山一役乃是私怨，那群秃驴俺老孙自会去要个说法。可如今，你纵容众神享乐，众生受难，就连我一山的猴子猴孙都没能幸免，天庭制度腐烂至此，那宝座倒不如让俺老孙来坐，重建你那封神榜！”

短短几句，字字珠玑，铿锵有力！但没想到，玉帝听完却哈哈大笑：“你这妖猴，活了不过千八百年，竟口出狂言，你见过真正的天吗？重建封神榜？然后呢？我把那些胡作非为的天神都杀了，三界谁来管？神权崩塌，情况只会更乱！恐怕灵山比你还希望见到这一幕！”

“今日不妨告诉你，朕历经了一千七百五十次劫，这每一劫都是天地大劫，每十二万九千六百年天地毁灭，重归混沌，以此反复，这芸芸众生你觉得还重要吗？”

听完，孙悟空内心可谓惊涛骇浪，简直颠覆了所有认知！

难不成那盘古大神也开辟了一千七百五十次的天地，女娲圣人也捏土造人了一千七百五十次？

可还没等他反应，玉帝再次发话：“事儿你也听明白了，那么你可以死了！”话音一落，整座凌霄宝殿剧烈颤动。

孙悟空后退一步，定睛一看，这哪里是宝殿，分明就是一巨兽之口，而这巨兽也不是别个，正是玉皇大帝的坐骑——虬龙！

第七十回
言出法随

你知道玉皇大帝到底活了多少年吗？这无数年间，他渡的那一千七百五十个劫，到底藏着多少秘密吗？

你更不知道的是他三界霸主之位，从来都不是别人让出来的，而是靠逆天的修为和通天的手段！

盖闻天地之数，有十二万九千六百岁为一元，而这一元又分十二会，即子、丑、寅、卯、辰等，对应凡界十二地支。

没错，这十二会到了子会，盘古开天，出现日月星辰，称为四象；到了丑会，盘古辟地，浊气下沉，出现五行；而到了寅会之后，天地交合，万物群生，这才有了天、地、人三才，三皇治世，五帝定论。

当十二会全部齐聚连线，整个三界都要重归混沌，化为无边黑暗，而这就是玉皇大帝所渡的一千七百五十次天地大劫！

只是有点奇怪，那第一千七百五十一次大劫似乎与之前完全不同，竟还提前了不少。恐怕这三界谁都不知，这一切都与孙悟空的诞生有着莫大的关系。

此刻玉皇大帝于宝座之上纹丝未动，整座凌霄宝殿都化作了传说中的虬龙。孙悟空迅速后退，这才看了个清楚：此龙头上无角，长颈，身侧有翼，可谓威严霸道无比！

要说三界坐骑，除九灵元圣之外，还真就找不出第二个能与之相比。这一次，齐天大圣不得不紧张起来，因为眼前这玉帝，他根本就看不透。

这时候，一声龙吟响起，虬龙直冲而下，直扑孙悟空。与此同时，其身上不停地闪烁着五彩之色，虽看似神圣，可危险的气息已经扑在了孙悟空面门上。直觉告诉他，此光触之即死，随立刻变换位置加以闪避。

宝座上的玉皇大帝轻蔑地笑道："这天道轮回，岂是你这妖猴能改变的，神权制度也不是你这只猴子想废就能废的！"

话音一落，以玉帝为中心，一个巨大的彩色结界迅速张开，当孙悟空被彻底笼罩之后，诡异的一幕发生了。孙悟空的四周空间生出了棱角，猛地收紧。孙悟空勉强站住了双脚，四面压力再次加剧，他迅速横拽金箍棒，再摊开双臂才堪堪顶住。

但下一秒，孙悟空面前的空间不断地出现巨大的镜面，在那些镜面里，一股能量不停地凝聚，随后一阴一阳加上金、木、水、火、土共七道神光射出，此时孙悟空根本就动弹不得。

如被这光击中，即便是混沌之身也要形神俱灭！但齐天大圣又怎会坐以待毙，他要战的就是头顶上的这片天！

只见这猴子直接使出移星换斗，窜至身后的几百丈处，随后召唤出了六耳猕猴和灵明石猴两大分身！

这瞬间的工夫，六耳猕猴默念法诀，五行法术迸出对刚神光；灵明石猴也没废话，冲天而起，于空中直接化作十大凶兽之一——骨雕，此雕身形似豹，模样似鸟，羽翼一张直扑虬龙。

孙悟空本尊则举起金箍棒，连续三次移星换斗，窜到了玉帝的面前，奋力一砸，这巨力之下，带起的呼啸声只感觉鬼哭神嚎，只听“当”的一声，这棒子竟打在了一面能量墙上，无法进去半分。

玉帝冷冷地笑道：“一只猴子而已，你真以为朕灭不了你吗！”

随后一股反弹之力迸出，孙悟空直接就被弹飞了出去，而在空中玉帝身侧，其中一条金龙化作一把神剑射出，直接穿透齐天大圣，将其死死地钉在了镜面之上！

孙悟空此时极为疑惑：刚才走近玉帝身前时，其眼里为何闪过红芒？对方纹丝未动，为何法术频频奇出？这明显不合常理！

这个时候，上方天空雷云涌动，一英气逼人的冷面神将降临了此处！

只听对方慢慢说道：“大师兄，只要身处三界之内，这玉帝言出法随！”

第七十一回
鏖战神功

你知道猪八戒那一身鏖战之法真正的威力有多可怕吗？你真的以为它仅仅就是个采阴补阳之术吗？

也许你不相信，当年东王公东华帝君创此法时，其目的就是克制玉皇大帝。而鏖战之法大圆满的猪八戒，便是这场天庭大战的关键！

猪八戒于广寒宫赶到之时，正好看到大师兄落入险境。这玉帝深藏的言出法随等法术如鬼魅般凭空出现，别说靠近，就算是被动的防御也防不住。

孙悟空听完八戒一番解释之后，突然想起：当初他们师徒四人路遇凤仙郡，只见那里三年不见一滴雨露，百姓苦不堪言。这皆是因那郡侯办错了事儿，惹恼了玉帝所致，也才有了后来鸡啄米、狗舔面和火烧锁三大天罚一事。

可当那郡侯心存善念的一瞬间，那三大天罚瞬间消失，这说明什么？说明玉皇大帝不仅仅是言出法随，他还能与三界众生心境相通！

孙悟空此时也恍然大悟，当初怎么就没有发现这些蛛丝马迹呢？想到了这儿，孙悟空突然化作一缕黑雾，被刺穿的身体瞬间脱离了大剑！

原来从一开始，他就没有放出赤尻马猴分身是有原因的。玉帝实力尚且不明，一着不慎，绝对灰飞烟灭。若不是有赤尻马猴不死不灭的天赋在，他怎敢放手一搏，与天一战？

这时候玉帝的声音再度响起："蝼蚁而已！天蓬，既然你来了，那就陪这妖猴一起灰飞烟灭吧！"

话音一落，那些本就飘浮于空中的空间镜面飞速地旋转，没多大工夫，在玉帝所设的这一方结界内，各种五行元素疯狂变换。

不知为何，孙悟空和猪八戒体内躁动不停，根本就无法控制。而眼前更是如梦幻影，在刹那间春、夏、秋、冬四季变换不停。这已经超脱了常人对道法的理解。

突然，在结界之内，冒出无数条龙爪触手，直奔那兄弟二人，猪八戒手提九齿钉耙大喝一声："猴哥小心了！"说完之后，左右开弓抵挡。

孙悟空此时看着满天的触手，也已经发现了不对劲。不知为何，自己的修为不停地被削弱，无论调动任何法术，皆由五行本源而出，可现在却感觉自己一直被死死地压制着。

原来，玉帝一开始释放的那五彩结界非常不简单。

众所周知，十二地支之中，寅虎卯兔辰龙属春季东方木，巳蛇午马未羊属夏季南方火，申猴酉鸡戌狗属秋季西方金，亥猪子鼠丑牛属冬季北方水。而在这十二地支结界之内，五行术数全由玉帝一人掌控，这才是真正的盖周天之变，化吾为王！

眼看此一带危机重重，玉帝于宝座上稳如泰山。

孙悟空知道：如此消耗下去，自己和八戒早晚要死。随立刻召唤了两大神猴分身，他要再博这最后一次，只为能接近玉帝！

之前对方眼睛里那一抹红色，如果没猜错的话，应该是心魔之相！

想到了这儿，孙悟空手持金箍棒，不断地移星换斗躲避这触手，可奈何每打碎一根，便生出两根，可谓无穷无尽。他想使火法，却被结界内水法压制。这根本不是战斗而是被戏耍！

一瞬间，这猴子也是抓耳挠腮。可也就是这一个分神，一只龙爪触手正面袭来，再次穿透了他！

这一次，孙悟空无论怎么化雾，可就是脱不开身。金刚不坏之体被其破掉，鲜血一下就冒了出来，难道孙悟空这一次难逃一死了吗？

可就在这时候，猪八戒突然原地站住，一阵神力迸发，身上铠甲尽碎。只见其赤身上阵，肌肉轮廓鲜明，腹部还有一未知的黑色图案。随后大声说道："玉帝，你不是一直在调查鏖战之法的底细吗？老猪我今天就给你看看！"说完之后，猪八戒竟用手掏进了自己的腹中，一把拽出了黑色位置的黏液，随后这黏液越变越多，竟然浸染了五彩结界！

下一秒，本重伤在身的孙悟空突然狰狞地狂笑，身体被刺穿地方不停地愈合，他竟然释放出了赤尻马猴的入魔之魂！

孙悟空忍着剧痛一点一点地往前走，凄厉地喊着："玉帝，我要吃、我要吃了你！"

玉皇大帝见此一幕并未惊讶，反而带着嘲笑和戏谑。可下一秒，一条黑影窜到其身前，还亮出了琉璃盏，玉帝猛地一惊，大喝一声："卷帘大将，你敢！"

第七十二回
三方卧底

你知道一直潜伏在取经队伍里的沙和尚，他心机到底有多深吗？你真以为其真实身份就是卷帘大将这么简单吗？

自古有云：越是看起来可有可无、人畜无害的老实人，往往才是最危险的存在！沙悟净就将这句话表现得淋漓尽致。

没错，他就是一直游走于各方势力之间的三面间谍！

当初他在蟠桃大会上错手打碎了琉璃盏，玉帝一怒之下将其贬下流沙河，而且还对他进行了惨无人道的惩罚：每隔七日，就要让飞剑穿透其胸部。

要知道，琉璃盏乃是仙器，为王母爱用之物，怎么可能说碎就碎？换言之，我告诉你，观音菩萨手中的玉净瓶摔在地上碎了，你信吗？

说起来，猪八戒调戏了嫦娥也不过只是做了猪妖，可沙和尚打碎了琉璃盏被贬成水怪不说，还要受飞剑穿心之痛，这惩罚明显过重！可三界之人哪里知道，这就是一出戏。

谁都知道，观音菩萨在那段时间里一直在寻找西天取经之人，沙和尚这个玉帝最为信任的心腹，肯定知晓玉帝一些不为人知的秘密，此刻老沙的处境算是给足了灵山理由。将自己归为灵山所用，这才混进了取经队伍！

可一直在背后操控他的玉帝哪里知道，就是这个配合他上演苦肉计，打入灵山内部的天庭间谍却是王母娘娘的人！

没错，他能成为卷帘大将全拜王母安排。至于其目的与这场三界大劫脱不开关系。帮着王母监视玉帝，帮着玉帝监控灵山，又替如来回收金蝉子九世修为。试问这三界之中，还有谁能做得到？

这也是为什么，整个西行一路，老沙他除了“大师兄、二师兄说得对”，就是“师父让妖怪抓走了”，别的他是一句废话都不曾多说的原因。

可就是这么一个心机深似海，十个猪八戒也赶不上的所谓老实人，满眼看见的皆是上位者之间的尔虞我诈、钩心斗角，其心理恐怕早就偏激到了可怕的地步！

此刻，眼见孙悟空和猪八戒大战玉帝，甚至到了生死攸关的地步。因太上老君有言在先，要顺应天道，在场各路大神携百万天兵神将和千万计的阴兵鬼将全都原地待命。

这局面也正是沙悟净隐忍多年，要等待的最佳时机。他以担心两位师兄安危为由，向唐三藏请示之后就追了过去！

当他来到凌霄宝殿处，正好看见孙悟空被龙爪刺穿，猪八戒也掏进自己腹内，以鏖战之法浸染玉帝的五彩结界。沙和尚竟然露出了病态般的笑容，随即掏出了琉璃盏，闯入之后趁玉帝没注意窜至其身前，打开了盏口。

玉帝也是大惊，可还没等反应，琉璃盏竟疯狂吸取玉帝身上的五行修为。得手之后，沙悟净迅速后退，发出了歇斯底里的大笑：“你们这群高高在上的统治者，一副心系众生大义凛然的样子，背地里还不全都是利益。没想到吧，今天倒成全了俺老沙了！”

话音一落，沙悟净一个仰脖，将盏内的五行神力吞了下去。下一秒，沙和尚修为猛增，整个气场迅速攀升。

猪八戒见此一幕，大喊：“老沙，你这是干吗？”

原来，多少年来，玉皇大帝只差半步成圣，在一次又一次突破失败之后，竟生出了心魔，这才让他自己一直沉浸在所谓帝王之术的钩心斗角中，纵容天神妖魔霍乱三界。

而这一情况也早被王母和东华帝君发现，所以他们一个传授猪八戒鏖战之法，一个派沙悟净安插在玉帝身边，就是为了以防不测！

可千算万算，就是没算到，沙和尚心境比不上大神，同时卧底三方势力，看尽世间肮脏之后，他的思维偏激到了极致。与其成为棋子，最终被抹杀，倒不如成全了自己，去博那一线生机！

此时，猪八戒的鏖战之法彻底浸染结界，五彩之色全部变为了黑色。释放了赤尻马猴入魔之魂的孙悟空，在不停地治愈残破的身躯后，也走到了玉帝面前。

可就在这时候，可怕的一幕发生了。

只见玉帝猛地睁眼，双眼通红，一阵王者之息迸发，将对方三人全都崩飞了出去。随后 阵血红的通天光束植入上空，迅速染红了整个天庭。

此天地异象也自然引起了诸位大神的注意，东岳、酆都、紫薇、勾陈、长生五尊大神迅速赶往天庭，二郎神杨戬和八臂哪吒等人也紧随其后。

玉皇大帝于宝座之上，既愤怒又霸气地大喝道：“三界上下皆为蝼蚁，你们全都给朕死！”

第七十三回
信仰之战

这是一场三界大劫！天上地下众神齐聚，只为阻止玉皇大帝堕入魔道！

齐天大圣和天蓬元帅于天庭之上联手围攻，本就是生死一线，可沙悟净携琉璃盏突如其来地孤注一掷，却将整个三界的命运都推向了无尽深渊！

此刻沙和尚使用琉璃盏吸取了玉帝的五行神力之后，一饮而尽，这一举动终究打乱了玉帝体内的修为。

说起来，玉皇大帝一身的修为本就由金、木、水、火、土、阴、阳七种神力组成，这七大神力相生相克，一直保持着微弱的平衡。如今五行神力微弱，阴阳二力趁虚而入，直接侵蚀本心，这才让他彻底堕入了心魔之中。

这此间景象也被孙悟空和猪八戒看了个满眼，在玉帝暴怒的一瞬间，他们亲眼看到其身后侧一黑影融了进去。猪八戒也是猛地瞪大了双眼，似乎猜到了什么。

原来，玉皇大帝的所谓言出法随，本就蹊跷。世人皆知，此法只有圣人才可施展，像玉帝这种半圣之躯就不该使出来。

如今看来，玉帝一直以来根本就没有出手，而是由身后那个常人不可见的阴阳黑影代劳。如果这就是玉帝心魔的话，那三界必然危矣！

试问，以阴阳入魔谁能破得了？如若玉帝将三界毁灭，那这一次就是名副其实的天地浩劫！

此时，天上无数道神光显现，几大天帝和众天神全都赶了过来，本就修行了无数年间的他们在看到此番场景之际就全明白了。场上所有人皆对视了一眼，随即出手，压制玉帝以防不测。

这场天庭之战还真神鬼莫测，上一秒还战得你死我活，下一秒却又站在了同一战线！

玉皇大帝双眼通红，脸上一直挂着诡异的笑容，睥睨一切的神情让人恐惧得后背发凉。

就在他准备动手击杀猴子和老猪和沙悟净的时候，四面光盾从天而降，封锁在玉帝的周围，这光盾是出自长生大帝之手。

随后，紫薇大帝念出法诀，光盾之上出现了无名花的图案，彻底将这四面光盾彼此连接了起来，同时还大喊了一声："玉帝，你醒醒！"

可谁想，玉皇大帝此刻笑得更加诡异，就像是在看对方表演一样充满了戏谑，还淡淡地说道："宇宙毁灭，此乃天道，你们懂什么，还敢反朕？那就一起死吧！"说完之后，其五大神器中的灭世神剑凭空出现，破宇钟也从天而降！

说起来这破宇钟极为罕见，可轻易划破壁垒，引天外神雷化为己用。它一出现，众神都是倒吸一口冷气，被鏖战之法浸染的结界应声而碎，整座天庭都即将被罩在其中！

而这还仅仅是个开始，玉帝右手持神剑一挥，四大光遁横空腰斩而断！

下一秒，玉帝再次露出了疯狂的眼神，只见他高举神剑之后，不远处那道通天血色光柱竟然与其融在了一起，直接射向了三界联军！

这一剑可怕至极，不少天兵和鬼将已经萌出了逃跑的想法。可众天神却不曾后退半步，这凡间界决不能烟消云散！但他们也知道，在场之人没有一个能接下来这剑光，除非将功力全都凝聚于一处。

就在这千钧一发之际，二郎神君杨戬站了出来！为了母亲，他隐忍了不知多少年，他那只法眼，也看尽了三界污浊！

他上前一步，突然说道："小将愿前往以止浩劫，望众天帝成全。"话音一落，不等众神反应，杨戬提着三尖两刃刀就冲了出去。

此刻，众神虽有惋惜，但恐怕也只有杨戬这个肉体成圣的人才有可能受得住众神修为。

于是，几大天帝联手，将修为全都传了过去。当几道神光打入杨戬体内之后，二郎神的通天法眼猛地睁开，一道灰色的光束直冲而上，硬刚血色剑光。

二者碰撞一起之后，一股强大的反噬之力产生。再看二郎神，那法眼竟留下了一行血泪。其身体因无法完全承受众天神之力，已经出现丝丝裂痕，明显是要碎体而亡！

可即便这样，他也不曾后退半步，因为在他身后的是他的信仰，他必须守护！

在这最后一刻，他豪气冲天地笑道："孙猴子，不管是千年还是万年，只要老子还能回来，定要去找你，再战他个痛快！"

第七十四回
天狗食月

这世人都说，漫天的妖魔神佛包括孙悟空在内皆为棋子，可你知道，这背后真正的执棋者到底是谁吗？

此刻在天庭之上，二郎神杨戬为了自己的信仰，集众神之力，硬刚玉帝，在这天地浩劫之际，天狗食月再现！孙悟空也注定要与命运一战到底！

此时此刻，玉皇大帝的引灭世神光遭遇通天法眼的拦截，可杨戬早已经是强弩之末，那额头上的第三只眼血丝密布，几近崩溃。要知道，这只法眼非同小可！

三界之中，刚出生的婴儿，皆有护法神明庇护。在三岁之前，天眼皆是开的，能见世间所有不可见之物，这也是所有大小妖物皆以化为人形为最终修炼目的的原因。因为人体本身就是最强的修行容器。

可三岁之后，天眼逐渐关闭，能彻底将其打开化为己用者，自古以来也是屈指可数，如闻仲闻太师、二郎神杨戬等。或许这天眼蕴藏的秘密才是如今能与灭世神光一搏的关键之所在！

但即便杨戬肉身成圣，终是难逃全身碎裂，众天神的修为灌入一体，试问三界谁能受得住？

就在这时，不远处的八臂哪吒，其脚下风火轮猛然发力，直冲杨戬身前。在这许多年间，从没有人真正走进过哪吒的内心，但杨戬这个老大哥却一直都在不经意间保护着他。或许，在经历了家庭剧变、人情冷暖之后，哪吒早已将对方看作了亲人。

二郎神见到哪吒抵达自己面前时，先是一愣，随后愤怒地喊道：“哪吒，你给我躲开！”

可谁知这哪吒根本不为所动，竟将自己一身的法宝都祭出来，飘于空中，随后极其坚定地回道：“杨大哥，今天咱一起，要么抗过这道劫，要么你我兄弟一起死！”

话音一落，他竟然化作了一捧七彩莲花，直接将杨戬的身体全部包裹于彩莲瓣内，混天绫也在外围来回地旋转。

灭世神光是一点一点地在靠近，通天法眼已然不敌，可哪吒就是拼着最后一条命，也不让杨戬碎体而亡！

此时谁都没有注意到，一旁的哮天犬也露出视死如归的表情。它望着自己的主人，耳朵轻垂，眼神里全都是不舍！

可下一秒，这神犬如利箭一般，冲向了两大光束的交融处！只见在半空中，它显出了自己的原形。

三界尽知，哮天犬向来以细腰猎犬的形象示人，但其实，其身壮如象，背生双翼，快如闪电，其巨口之下可吞万物。没错，这哮天神犬实则就是《山海经》记载的异兽天狗。

当它巨口一张，直接将玉帝的神光全部吞进了腹中，瞬息的工夫，神光就要破体而出。即便是天狗，它也根本无法消化得了。

在最后的时刻，哮天犬艰难地回过了头，似在道别，又好似因未能帮道主人而感到愧意，只听“嘭”的一声，这只三界第一神犬被轰成碎末！

见此一幕，杨戬这个铁骨铮铮的硬汉，终究还是留下眼泪！

可谁想，下一秒出现了惊天的变数！

那灭世之光破体而出后，四散开来，数道光束射向了天庭每一处，战场所有人都慢慢石化，竟无一人幸免，这到底怎么回事儿？

原来那哮天犬常食日月，凡间界所谓“天狗食日”，便由此而来。其体内也在不经意间蕴藏了阴阳二气。当两股阴阳之力在其腹内交汇之时，属性也产生了巨变，这才出现了这一幕。

饶是活了两亿年的玉皇大帝，也还是发生了一声疑问：有意思，但那又如何？敢违逆朕，下场只有死！

没错，现如今众神石化，还能有谁能拦得住这个三界霸主！

可玉帝终是忽略了一人，那便是石猴孙悟空，属性相同，虽不能使用法术，却能活动。

但玉帝就是玉帝，根本没给孙悟空任何机会，三次挥剑之下，孙悟空的双臂和右腿应声粉碎。

“妖猴，朕要让你跪下，你就必须给朕跪！”

孙悟空全身化石，四肢只留其一，轰然倒地，可难掩其眼中的不屈和不甘！

这时候，一片树叶缓缓落下，孙悟空愣住几秒后，回忆汹涌而至，似乎想起了什么。

他猛地回头，下意识地就要喊“师父”二字，可最后还未出口，便戛然而止。因为他想起了一句话：“凭你怎么惹祸行凶，却不许说是我的徒弟。你说出半个字来，我就知之，把你这猢狲剥皮锉骨，将神魄贬在九幽之处，叫你万劫不得翻身！”

第七十五回
一叶菩提

你知道菩提老祖的真实身份到底有多神秘吗？你真以为他就是个隐士那么简单吗？

三界上下皆是棋子，可唯独只有他出场，转瞬即逝，不在这棋盘之上！

菩提老祖可谓：空寂自然随变化，真如本性任为之。与天同寿庄严体，历劫明心大法师！由此便可看出其地位丝毫不亚于地仙之祖镇元子。

可就是这么一尊道家大神，玉皇大帝不认，如来佛祖不识，那猴子就算差点死在天庭也不敢报其名讳，这明显就说不通！而唯一的解释就是这菩提老祖才是整部西游大棋的执棋人。

说起来，此人才算是真正意义上境界圆满的集大成者。

祖师授业，讲一会道，说一会禅，三家配合本如然！没错，他就是个精通儒释道三乘教法以及三百六十旁门的大神通者。

所谓阴阳双修的鏖战之法也皆在其掌握之中，只因孙悟空一心求得长生，这才与鏖战之法擦肩而过！

再说老祖的道场灵台方寸山和斜月三星洞，这灵台和方寸乃是人心前后两大穴位，斜月三星对应着的也是“心”字。

其坐下门徒，按“广大智慧真如性海颖悟圆觉”排名，到了悟空这儿正好是悟字辈，也应了“鸿蒙初辟原无姓，打破顽空须悟空”之意。可也就是这一句话，彻底暴露了菩提老祖的真实身份，也暴露了他才是布局者的秘密。

要知道孙悟空从出生那一刻起，就被他这个师父安排得明明白白：道家水帘洞洞天福地给他栖身，连通东海龙宫为其准备如意金箍棒，这猴子踏出的每一步实则都有菩提老祖的影子相随。

当孙悟空寻访至其洞府时，因不敢敲门，在门外玩耍，但里面的祖师却早已知晓一切，提前安排童子迎接。

当然作为一尊大神，提前预知事物也不足为奇，可奇怪的是，当他打算哄走孙悟空时，却说：“你这猴子此去如果惹下大祸，切不可说是我的徒弟！”而这个“如果”，便露出了马脚！能预知未来者，怎会用“如果”二字，很明显是要掩盖布局的事实，以防猴子将来起疑！

说到了这，你肯定很好奇，菩提老祖布的到底什么局？其目的又是为了什么？

这一切都和他真实的身份脱不了干系，他就是要以孙悟空为棋，来破第一千七百五十一次天地浩劫这个局，助三界霸主玉皇大帝去魔成圣！

此刻，在那天庭之上，万神化石皆不可行动，那孙悟空更是被玉帝以三剑轰碎四肢，只留其一。

眼看此一役即将以悲剧终结之时，一片树叶从猴子的面前飘落。看着这片树叶，孙悟空致死也不会忘记那封存的记忆，遂立即回头想找自己的师父菩提祖师。可放眼望去，根本没见到他的身影。

可下一秒，那片落叶在落地之后，绿色迅速扩散侵袭了整座天庭，放眼望去，满是一股春意，令人心旷神怡。

但此一幕却让玉皇大帝在一瞬间失了神！

不知为何，这股气息他好像极为熟悉，可就是想不起来！

玉帝此时并没有发现，整座天庭现如今都被托在了一片树叶之上！没错，这片巨大树叶就是刚刚落下的那一片。

就在这时，上空一个声音响起："一花一世界！一叶一菩提！"

还不等玉帝抬头去看，周围环境迅速收缩，天庭上的种种画面不停地从眼前划过，渐行渐远。这一幕持续了好久，直至遁入了完全的黑暗才停下来。放眼望去，此处一片虚无，根本没有边际！

玉帝紧皱眉头，因为他发现自己已经身处三界之外，那些石化的众神已经消失不见，唯独孙悟空就在他的对面！其身上的石头脱落不说，四肢竟然一点一点地重新生长。没错，周围的混沌之力不停地涌入孙悟空的体内！

随着这一幕的出现，这场天庭大战和菩提老祖的真相，也终于即将浮出水面！

第七十六回
玉帝化圣

如果我告诉你菩提老祖的实力或在道家三清之上，这样真相你敢信吗？他是唯一一个能抹除众神包括玉皇大帝和如来记忆的神秘存在。

放眼漫天神佛，要么归于佛，要么归于道，以提高自己身价。可这些神佛在菩提老祖面前，却显得无比可笑。

打破教门界限，儒释道三教合一，他早已经超于佛道之上，隐于佛道之外，而他的菩提世界是包罗万象。更让三界之人知道，所谓宇宙混沌不仅仅在三界之外，还有可能就在三界之内。

此刻身处混沌之中的玉皇大帝和齐天大圣，已经到了决战的时刻。

玉皇大帝双眼血红，体内不知为何躁动不止，眼看孙悟空体内的力量不断攀升，他直接祭出了灭世神剑，直射而出！

但下一秒，孙悟空猛地抬头，一双火眼金睛愣是照亮了这一片虚无的地方，随后，如意金箍棒一立，两件神器轰然对撞。可想象中炸裂的一幕并没有出现，那灭世神剑就像是丢了魂一样，直接被崩飞好远。

直至此刻，玉皇大帝终于发现了什么，他那件可划破宇宙壁垒的破宇钟与他断了联系，可覆灭一切的神剑力量消散，加上之前空中那句“一花一世界，一叶一菩提”，这本就对道法理解超然的他知道：自己恐怕已经脱离了三界！只是，孙悟空竟然可以吸食混沌之力，这一点让他始料未及。

事已至此，玉皇大帝原地哈哈大笑，随后说道：“妖猴，你赢了！看来不成圣，在这三界之内还是坐不稳霸主之位。罢了，罢了，你动手吧！”

可在良久之后，孙悟空立于原地，并未跨出去半步！这一路走来，融合六耳猕猴，让他知道何为大义；吞噬赤尻马猴，让他见到了何为地狱；那灵明石猴又让他知道执念只会让人万劫不复。他早已不是当年那个莽撞的猴子，明了杀戮不会解决任何的问题。

随后，孙悟空淡淡地说道：“玉帝，你知道吗，芸芸众生与凡间界从来都无惧苦难，他们怕的是没了希望！你高高在上，宝座之上众神齐聚，好不风光！可这风光背后，你可曾听过一次众生的哀求？神妖勾结，佛魔共生，如若最终还是要归于混沌！至少我也要让三界知道，俺老孙曾试图改变过，也不枉我到这三界走上一遭！”

说完之后，孙悟空低下了头，看了一眼自己那由众生怨念所化的左臂，再次开口说道：“一路走来，我九死一生，只办一件事，替芸芸众生给你带句话！”

话音一落，孙悟空猛地窜了过去，左手直接抵在了玉帝的额头处。一瞬间，灰色的怨念之力如洪水一般涌入对方体内，冤魂哀嚎，凄惨声不断，无数的故事在玉帝脑海中浮现，不消片刻，竟然隐隐地压制住了他双眼的血红。

孙悟空更是浑身燃起斗战之火，顺着洪水般的怨念冲进了玉帝的心脏。黑色的心魔被燃烧得一干二净，直至此刻，玉帝体内神力重组，射出一道无比耀眼的白光！

没错，活了整整两亿多年的他，在这一刻终于成圣！成圣的关键也从来都不是什么所谓的鸿蒙紫气，而是三界疾苦入心！

这时候，周围环境再次变化。回到了天庭之上，俩人就看见一仙风道骨的老者站在了他们的面前。孙悟空在短暂的错愕后，双眼流泪，直接跪在了地上，小心翼翼地喊了一句："师父！"

可让他没想到的是，旁边这个三界霸主，顺利成圣的玉皇大帝，竟然也同时跪了下来！

而站在他们面前的，不是别人，正是灵台方寸山的菩提老祖！

第十三篇

再踏灵山

第七十七回
天道鸿钧

你知道吗？灵台方寸山的菩提老祖实则就是天道化身！

唐三藏师徒四人一路西行，历经九九八十一难，根本就得不到所谓的真相！他们是棋子，芸芸众生也是棋子，就连天庭的众神也不能例外！而能布此大局者，除了天道，还能有谁？

至于说起天道为何，这还要从关于三千混沌魔神的故事说起。

在那一片虚无、天地洪荒未开之时，曾发生的一切，早已贯穿了封神榜乃至更早之前的真相。

世人皆知，齐天大圣孙悟空应天地浩劫而生，一直都被菩提老祖这个神秘的存在所安排，他才算是西游一行中最大的BOSS！而他的真实身份，也不是别人，正是鸿钧老祖的一缕化身。

也正是这一身份，让整个事情才彻底说得通！这个天道老祖布局的目的就是为了助玉帝顺利成圣，以稳三界秩序！

孙悟空也是最重要的棋子之一。这也是为什么太上老君眼看天庭大乱而不入场的真实原因，其口中的“不可违逆天道”，实则就是不可违逆鸿钧老祖！

当初地仙之祖镇元子自降身份与孙悟空结拜，其实也是算出了那猴子背后师父的真相，如果仅是玉帝如来之列，这老道绝无可能卑微至此！

此时此刻，孙悟空再次见到自己曾经的师父，一时间，五味杂陈，心里不知有多少话要说，可就是一个字也说不出来。

玉皇大帝竟然同时跪了下来，喊了一句“老师”。三界之人少有人知，玉皇大帝实则就是鸿钧祖师的座下童子！

老祖微笑地看着他们二人，对着玉帝说道：“你既已成圣，天地大劫从此便有了变数。这三界是毁灭还是新生，皆系于你，你好自为之！”

这话音一落，他又转头对着悟空淡淡说道：“你这猴子，确实没有让为师失望！不过，你命运的转折不在这里，而在西方！”说完之后，菩提老祖微笑着将手放在了孙悟空的脑袋上。

这一刻，齐天大圣哭了，不再年少冲动的他或许最想要的一直都是被这个师父认可！可当他再次抬头看时，师父已然消失不见，之前那片树叶落在地上，绿色光环散开，漫天被石化的众神全部恢复了过来，哪吒与杨戬也保住了性命！

众神此时并不知发生了什么，皆是紧皱眉头。而玉皇大帝站起了身，以圣人之姿大声喝道：“三界紊乱皆乃朕之过，今日起，天庭秩序重组，灵山有变，众神归位以保二界太平！”

至此，这场天地大战总算是落了幕，但是，唐三藏师徒四人的路却是刚刚开始。

沙和尚再恢复过来后，立刻想要逃离，但其眉头处突然生出一只金蝉图案，将他死死地定在原地无法动弹半步。

唐三藏走上前去，对着他平静地说道：“自小雷音寺起，从不让你离开我半步，你的秘密我早就知道。世人皆苦，你心系黑暗这并非你之过。放下杂念吧，给自己一个机会，也给众生一个机会!”

沙悟净听完是泪如雨下，金蝉一散，他直接跪在地上号啕大哭!

可孙悟空的眼睛却一直没离开过自己的这个师父，他心里隐隐感觉这个人绝不是唐三藏，因为有太多的疑问还没搞明白：师父和沙师弟在小雷音寺到底经历了什么？弥勒尊佛为何派同辈猿猴帮助自己？灵山佛祖为何痛下杀手？四大菩萨为何不与灵山一心？

这一切总要寻个真相才是，那八百里尸横遍野的狮驼岭看来也要再走上一遭。

这时，玉帝微笑着朝着唐三藏说道：“我的劫算是渡完了，那么，你的呢？”

唐三藏听完微微施礼，双手合十紧闭双眼地回道：“见众生易，见自己难，阿弥陀佛!”

第七十八回 天地起源

你听说过混沌初开三千魔神的故事吗？鸿钧老祖为何成了天道代言人？盘古大神为了开天辟地以证大道，曾做过多么疯狂的举动？而那些各自掌握不同法则的魔神最后都去了哪里？

这些故事延续了不知道多少年，所有代代相传的洪荒故事也都逃不出这个框架，因为这就是开端。

说起来，这三千混沌魔神乃是混沌孕育出来的先天混沌生灵，其中最强大的一位便是掌握了力之法则的盘古大神。由于其诞生得最早，实力也当属最强，在无数年间的修炼中，他感悟到了自己的道，便是去开辟混沌，创造一个全新的世界！

但大道一途，绝对称得上是你死我活。你若证道，别人将不复存在！也正因此，与盘古大神同时期存在的其他魔神纷纷集结，与对方来了一次旷世之战！那一战超越了常人的认知，三千魔神各显独立法则，伴生混沌至宝也是频频祭出，打得那叫一个眼花缭乱。

盘古大神深知这群魔神的厉害，丝毫没敢怠慢。他手握盘古斧战，不知经过了多少时日，最终，愣是将在场所有魔神全部斩杀殆尽，这才有了后来开天辟地的故事。

可凡事总有例外，这变数就是鸿钧老祖、杨眉大仙、魔祖罗睺和混沌魔猿。

鸿钧老祖因提前知晓一切，避开了盘古。他本身修的就是天下太平、大道之世，就将自己的道交付给了对方，因而才能幸免于难。在盘古开天后，鸿钧老祖得到天道法则，成就圣人，后来再以身合道，福泽洪荒，这才有了后面的故事。

这三千魔神，他们各自除了法则之外，伴生的混沌至宝也都非同小可。

力量法则盘古大神，伴生的是开天神斧混沌青莲；时间法则时辰道人，伴生的是时间轮盘；空间法则杨眉大仙，伴生的是杨梅柳枝；混沌法则混沌老祖，伴生的是混沌珠；魔祖罗睺，伴生的是诛心四剑……随便亮出一件都能毁天灭地。

混沌魔猿的那一件伴生武器，其破坏力丝毫不逊于开天斧！这也足以说明，孙悟空的真实身份恐怕更加让人期待！

鸿钧化身菩提老祖于天庭止住干戈之后，便就此离去，一切都回归了平静，地府大军撤去，众神归位，可能这一结果无法让三界之人完全满意。

但是，除了这个，还能有更好的结果吗？一将功成万骨枯的道理从来没有改变。

玉皇大帝顺利成圣，去除心魔，乃是造福三界苍生的天道！而在此之前已然遭难的芸芸众生也只能就此罢了，这或许就是宿命！

此刻唐三藏师徒四人再次踏上灵山的旅途，这天庭一役，或许让他们真正地了解了彼此。

原来孙悟空身世的背后如此深远，原来猪八戒偷懒耍滑的背后藏着诸多的无奈，原来沙和尚才是这队伍里唯一一个看透三界本质的人，或许这一刻的他们才是算真正地走在了一起。

可当他们再次上路之后，凡间界遭遇巨变。

天上一日地下一年，本已彻底除根的灵山脚下八百里狮驼岭，却又一次尸山血海！

第七十九回

狮驼血海

你知道灵山脚下八百里狮驼岭背后的真相有多可怕吗？你真以为齐天大圣孙悟空当初是因为见了三大妖王，才被吓得一屁股坐在地上的吗？

唐三藏师徒四人历经了九九八十一难，单这狮驼岭就占据了其中四难！我告诉你，就是那一回，这个天不怕地不怕的猴子，他彻底看透了真相。

青毛狮子、黄毛老象和金翅大鹏这三个妖怪看似是私自下山祸乱凡间，但其实，他们才是灵山真正的门面。

这狮驼岭直过有八百里，横过至少一千里以上，灵山脚下被三大妖王统治的地方差不多有方圆八十万里，一眼望去，骷髅若岭，骸骨如林，人头发翙成毡片，人皮肉烂作泥尘，可谓名副其实的尸山血海！

没错，这狮驼岭一直都是灵山最重要的一部分。

大唐盛世，法理有度，从不见妖魔作祟，唐王却好端端地一心求取所谓真经，本就疑点重重，这一切还不是被灵山胁迫所致。匹夫无罪，怀璧其罪，大唐的繁荣景象正是灵山传教最想要的。如若唐王不肯，轻则重演乌鸡国悲剧，重则再现狮驼国惨象！

其脚下狮驼岭的妖魔国度，不是灵山不管，也并非灵山不知，其就是灵山昭告天下的门面。

当初师徒四人在得知狮驼岭狮驼洞大小妖怪那逆天的规模后，猪八戒被吓得嚷嚷着散伙，孙悟空也是做足了准备才前去打探，可即便如此，这猴子还是被颠覆了认知。

映入他眼前的哪里是妖怪老巢，那分明就是一个井井有条的妖魔国度，狮驼洞两排百十个大小头目列阵，一个个全装披挂，甲胄整齐，威风凛凛、杀气腾腾。再看那些小妖，南北岭各五千，东西路口各一万，加上烧火巡哨、剥皮煮肉的足足四万七八千，最关键还全都有自己的名字腰牌。

也正时这一幕，彻底吓破了猴子一身的英雄胆。西行一路，直至此刻，孙悟空才知道，原来自己在花果山称王称霸，简直就是个笑话！

现如今，师徒四人在经历一场天庭大战之后，再次踏足狮驼岭。

当初如来佛祖的那一掌，不但把他们打得差点魂飞魄散，就连心中的信念也是差点灰飞烟灭。带着太多的疑问，这一趟九死一生灵山台阶，他们不得不上！

这狮驼岭巍峨高耸，山涧连绵不绝，如之前一样，总透着说不出来的尸气。

可在狮驼国附近，却是人来人往，好不热闹。商贩百姓不停地在小路上穿插，一阵阵唢呐声不停地吹起，原来，这是姑娘出嫁、男子娶妻，还真是喜气冲天！

可师徒四人再见到这一幕时，根本就笑不出来，因为这群人脚下踩着的是骸骨腐肉铺的血路，树上人发皮囊随风飘动，再配上唢呐声，那画面是要多诡异有多诡异。

而灵山之路，便也由此刻正式开局!

第八十回
狮驼万魔

你知道吗，狮驼岭这个地界，其实承载了灵山整个的气运。这个妖魔丛生，令人胆破心惊的人间炼狱，根本就是灵山不可分割的一部分。

心中若不生魔，怎么可能成佛？你真以为“放下屠刀，立地成佛”这句话是和你开玩笑的吗？

世人皆知，佛魔共生，本为一体，佛家的三界也分欲界、色界和无色界。其中，欲界包含了六欲天。当初释迦牟尼正是击败了心魔，也就是魔佛波旬，这才破除了欲望，悟得真理。

狮驼岭也正是灵山另一面的缩影。没错，真正让孙悟空这个妖王都感到恐惧的，从来都不是眼前的尸山血海，而是狮驼岭背后的真相。

当初太白金星奉旨曾与师徒四人传信说道：“狮驼岭那三大魔王一封书信到灵山，五百阿罗来迎接，一纸书简上天宫，十一星耀各个相钦。四海龙王与他们为友，八洞仙常与其作会，甚至十殿阎罗也要与他们以兄弟相称。若是遇到困难，天庭可以出兵十万以作驰援！”

这明显是怕他们死在狮驼国。而到最后孙悟空也确确实实在那里应验了。若非观音菩萨提前赐给他的三根毫毛，恐怕这世间将从此再无齐天大圣！

此刻师徒四人再入狮驼岭后，可谓疑惑重重。当初虽差点万劫不复，可终究是灭了狮驼岭这一方的大小妖魔祸害，三个魔王也皆已伏法，为何现如今又一次重现妖魔国度？那林间小道中热热闹闹的娶亲队伍，根本就全都是妖。

带着疑问，师徒四人并未作声，化作妖形紧随其后，只为探个明白。

这一路上，枯林之间黑树摆动，妖风不断，一股又一股的腥风恶臭是不断袭来。师徒几人踏出的每一步都感觉脚下松软无比，这些腐肉铺满了不知道多少里路。

道路两侧的枯树也挂满了人发皮囊，那筋是一条条的随风摇动，在微弱的阳光下，折射的光点忽暗忽明，再配上那一队娶亲队伍，恍然间竟感觉无比诡异的唯美！

不消片刻，大队人马行至狮驼国城门前。

只见此城妖魔乱象依旧，斑斓老虎为都管，白面雄彪做总兵，千尺大蟒围城走，万丈长蛇占路程。那巨大的蟒蛇就那么盘踞着，嘴里不停地吐着血红的信子！

直至走入城里之后，虽说师徒四人做足了心理准备，可还是被此间景象惊住了。

大小妖怪忙忙碌碌，该剥皮的剥皮，该煮肉的煮肉，众生倒成了酒席桌上的美味，这哪还有三界秩序可言？

唐三藏闭上了眼默念了一声“阿弥陀佛”，而孙悟空早已忍无可忍，他真想立刻就动手，打死这群祸乱人间的畜生！

可就在这个时候，地面突然显出一巨大的黑影，师徒四人抬头看去，一只无比巨大的狮子出现在了他们面前，这正是青毛狮子怪。

还不等众人后退，身后处一巨型黄毛象鼻突然拍下，整个地面都直直地塌陷，挡住了四人的退路

直至此刻，两大菩萨的坐骑，狮驼岭的大魔王二魔王齐聚。

孙悟空大喝了一句："你两个畜生，居然还敢兴风作浪！"

下一秒回应着他的却是青毛狮子的哈哈大笑："孙悟空，你还真以为我兄弟三人受到惩罚了。你天真的样子还真是可爱，我告诉你，灵山离不开我们，而你们也不是唯一的取经人！"

第八十一回
取经骗局

你知道灵山背后藏着多大的秘密吗？你真以为只要一路西行，历经九九八十一难就能取得真经、修得正果吗？

你错了，灵山其实根本就没有真经，唐三藏也不是唯一的取经人。

灵山后崖处的化龙池是光芒万丈，引得无数生灵向往，他们幻想：自己只要努力修行，有朝一日上得灵山，化得真龙，修得大道。可他们哪知道，从成龙的那一刻起，自己就已经成为别人的盘中食物！

世人都知，狮驼岭三魔王金翅大鹏鸟，只挥一翅便有九万里，每日至少吃掉五百条龙用以果腹，你以为这些龙从哪里来呢？

当初唐三藏师徒四人历经万险抵达灵山，却误取了无字经书，为此还专门折返，再取一次，可他哪知道，那一摞摞无字白纸才是真相！

经书是假的，传教才是真的！中土大小国度无数，取经人是一波又一波。

狮驼国八百里惨象犹在，在天庭的纵容下，灵山法旨谁敢不从！这也解释了为什么阿难迦叶在看到唐三藏后满脸的不屑，还敢伸手索要钱财！取经人他们见得太多了，既然都是走过场，捞点好处便也成了习惯！

倒是唐三藏太过愚钝，根本就没能理解西天取经这背后的真谛，非要换成有字的经书，平添麻烦，还引来他人不悦！

灵山背后更多的秘密，也将从狮驼岭这个地方开始，被一层一层地扒开真相！

此刻唐三藏师徒四人在狮驼国，被青毛狮子和黄毛老象这两大魔王前后围住。说起来，此二妖的背景极为深厚，绝不是表面上那么简单。

那青毛狮子可算是第一个闹过天宫的大妖，曾在南天门处一口吞了十万的天兵天将，那一战过后三界得名，怎一个凶残了得！其声吼如雷，眼光如电。一动，百兽心慌；一静，群魔胆战！

还不等对方行动，青毛狮子张开了血盆大口就咬向了孙悟空。这时候，猪八戒突然笑道："猴哥，你且歇着，俺老猪和他玩玩儿！"

说完，猪八戒直接现出了原形，如山一般大的黑皮野猪全身隐隐显现着黑色符文若现，这正是鏖战之法大圆满之象。随后猪八戒就朝着青毛狮子就冲了过去！

再说那黄毛老象，眼看那师徒四人全被大哥吸引，随后抄起巨大的象鼻拍向了唐三藏后背，可下一秒，只听"当"的一声，对方身上金光暴起。他那本就拍铁碎金的一击居然被生生地崩开了！而从始至终，唐三藏根本就没睁开眼，一直双手合十，站在原地！

沙悟净也不废话，见此一幕，身上五色神力熊熊燃起，拿起降妖宝杖直接迎战！

当地面上一只大鸟的影子掠过之时，孙悟空知道这主角终于来了。没错，在狮驼国这地方，三魔王金翅大鹏鸟才是真正的统治者。

金翅大鹏落地之后，扑扇了两下巨大的羽翼，杀伐凶残的眼神看了看唐三藏，最后又落在了猴子身上，淡淡说道："还真是好久不见。怎么着，又觉得自己见不得人间疾苦，要普度众生啊？快歇歇吧。就这群凡人一个个看似虔诚，可他们拜的那是真佛吗？那是他们自己心中的欲望！你见过几个发愿三界太平的？这天底下最脏的就是凡人的心。说起来，我狮驼岭才算是净化众生的地界！"

说完之后，这大鹏鸟直冲孙悟空，其速度之快实属罕见。即便如此，那猴子只是笑了笑，根本没打算出手。这时，一声龙吟于云层响起，枯骨白龙从侧方飞入，一口咬住了金翅大鹏的脖子。只见他用力一扯，还撕掉了对方脖颈处的一大块肉，那大鹏的血就顺着小白龙的嘴角流了下来。

"金翅大鹏，你吃了龙族那么多兄弟，今天就在你这狮驼岭处，我活吞了你！"

第八十二回
阴阳二气

当年狮驼岭金翅大鹏鸟仅靠一件法宝——阴阳二气瓶，差点就烧没了孙悟空！你知道这猴子在里面哭得有多惨吗？

这个不惧天地的齐天大圣，当看到自己的脚孤拐被烧软之后，是泪如雨下，一度绝望了到了极点！

此法宝玄秘至极，内有七宝之卦，二十四气，要凑满三十六人，按天罡之数才可抬动。而神奇的是，被装之人若是不语，瓶内则阴凉无比；但凡说上一句话，立时火来，一时三刻，包管被烧成一摊浆水。

饶是孙悟空在八卦炉里练就了铜头铁臂，就是加上菩提老祖传授的避火决，可就是挡不住阴阳二气瓶内的三条火龙。可你们就不奇怪，此等三界至宝怎么就出现在了这个妖怪的手里？

世人都说金翅大鹏食龙无数，一口吞掉狮驼国一国之人，可算是凶残到了极点！可谁曾记得，这妖怪可是如来的舅舅。

自那混沌分时，天开于子，地辟于丑，天地交合，万物皆生，其中麒麟为走兽之长，凤凰为飞禽之长，随后凤凰再生孔雀、大鹏二子。

相比较之下，那孔雀更为凶残，能吃人，四十五里路能把人一口吸食。因是有了吞食如来这段典故，这才被封作了灵山大明王孔雀菩萨。

这狮驼岭金翅大鹏也自然就攀上了亲戚，如来曾亲口允诺他：“我管四大部洲，无数众生瞻仰，凡做好事，我教他先祭汝口！”就这一句，足以看出其对如来的重要性，足以碾压灵山各大菩萨！

说到了这儿，那法宝的由来也自然就不言而喻了。现如今，混世四猴已融其三的孙悟空能否扛得住那法宝，便也成为一个谜！

当金翅大鹏鸟故技重施，从天上急速而下时，枯骨白龙突然杀出，两个庞然大物于空中对撞，这三魔王大鹏鸟直直地被甩飞了出去，在对面山头上撞出来个大坑。

说起来，当初小白龙自从被文殊菩萨救活之后，直接就赶往了天庭。自己的法力与生前有了些许变化，总是透着淡淡的死气，这一点他自己都没完全想明白！这死气非比寻常，不然绝不会能轻易咬下金翅大鹏的一块肉来！

再说那大鹏鸟，踉跄地重新站好之后，眼神里透着一股狠色！可聪明如他，自然知晓，眼前这师徒几人早已不是当初能比！眼看小白龙又要冲来，他立刻张开翅膀想要逃离，而此时齐天大圣孙悟空却率先动了。

只见他手中的如意金箍棒突然冒出熊熊的黑焰，当金箍棒变长之后，直接在周围大片区域画了一个大圈。那金翅大鹏连挥几次翅膀后，才惊讶地发现，自己根本就飞不出去！

等他再回头看时，两声惨叫同时响起，大哥青毛狮子和二哥黄毛老象全被制服，躺在了地上。那猪八戒和沙和尚动手之快，根本没让他看个明白。这一刻，他怕了！

那孙猴子和唐三藏并未出手，但金翅大鹏恐惧感油然而生，情急之下他大口一张，阴阳二气瓶再次祭出。

孙悟空那一双火眼金睛一直都死死地盯着他，眼看对方杀招已出，这猴子一个翻身，迎着法宝就钻了进去。

这一次，情况可谓大变。孙悟空一身的混沌之气，本就是先天之物，凌驾于阴阳之上，当他释放出混沌之力，充斥在瓶子每一个角落时，只听咔嚓一声，这三界至宝应声而碎！此刻金翅大鹏彻底愣住，他知道等着他的只有死！

可这时候，狮驼国上空一阵彩色佛光亮起，大鹏鸟抬头一看，癫狂地哈哈大笑，他知道这是谁来了！

可这时候，谁都不曾想到，就是这一幕的到来，竟逼得齐天大圣做出了惊人之举！

第八十三回
孔雀明王

你知道灵山如来佛祖与大孔雀明王菩萨背后藏着什么关系吗？你真以为如来佛祖当初认大孔雀明王菩萨做了佛母，让金翅大鹏鸟做了自己的娘舅，是发自真心的怜悯吗？

你天真了，这里边其实一直都与混沌初开之时的那场龙凤大劫脱不开关系！

这世人皆知，当年那孔雀盘踞在大雪山中，出世之时就比金翅大鹏鸟更加凶残。因其喜好吃人，造使当地五百里毫无生机可言。其大口一张，四五十里内的人是无一幸免，全都要被其吸入腹中。

正在雪山之巅修炼金身的如来，就这么莫名其妙地也被吞了进去，因为害怕从孔雀便道里出来会玷污了金身，迫于无奈只能剖开其后背才脱了身。

这如来本意是当场打死这孔雀，但招来其他众佛祖的阻拦，在一番权衡利弊之后，如来最终还是妥协，只能奉孔雀为佛母，安置在了灵山之上。

而真正让他妥协的也从来不是所谓的怜悯之心，而是孔雀背后的势力，这面子他不得不给！

当初盘古开天辟地之后，诞生了龙族、凤族和麒麟族三大势力。因为龙族太过强大，引起了其余二族的忌惮，最终招来凤凰与麒麟的联手围剿。

那一战过后，龙族是彻底陨落，现如今于三界之中恐怕还没哮天犬的地位高，而麒麟和凤凰这两族也自然成为天地霸主，这才是让如来最终妥协的关键之所在。

同样，这也是金翅大鹏鸟敢在狮驼岭胡作非为，打造妖魔国度的真正的底气！

此刻，面对已经彻底蜕变的师徒四人，这大鹏终于感受到了恐惧，纵使他飞得再快，也根本飞不出孙悟空画在地上的那个圈儿。

阴阳二气瓶已碎，他知道自己这一次是必死无疑，可这时候天空上那一缕佛光给了他希望。

只见那彩色的佛光直射而下，竟然冲散了齐天大圣画的圈。金翅大鹏一眼认出这来的不是别人，正是与自己一奶同胞的大孔雀明王菩萨！

他笑了，发自内心地嘲笑眼前的师徒四人，歇斯底里地吼道："我狮驼岭隶属灵山，在这地界儿你们想杀我，做梦呢吧！"

小白龙在一旁眼看情况不对，立刻窜了出去，他带着龙族的愤怒，想快刀斩乱麻，咬死这金翅大鹏！但距离对方几十米处时，天空上孔雀明王一声怒喝，小白龙被当场震飞！

这灵山附近佛气浓郁，皆由众生供养，凡在此间行事的众佛菩萨皆受加持，可谓修为大增，小白龙一招不敌也属正常。

这时候，天上大孔雀明王化身显现，只见其有一面四臂之相，手持莲花、俱缘果、吉祥果，身后一袭孔雀尾，在金色光芒下煞是好看。加上其座下的金色孔雀王，众生若是见了定然会虔诚地行跪拜之礼。

只听大孔雀明王慢慢说道："我化身再次显现，并非想与你师徒四人为敌，只是这金翅大鹏与我同为凤凰所生，血缘所致，既在我灵山脚下，我怎可能让你们伤他？就让他随我归隐灵山，你们觉得可好？"

听完此话，师徒四人皆是紧皱眉头。良久之后，孙悟空才淡淡地回了句："我可以不杀他！"

此话一出，孔雀明王欣慰地点了点头，金翅大鹏更是哈哈大笑，狂到了极点！但他俩谁都没有发现孙悟空的嘴角突然微微地上翘："我可以不杀他，但他能不能活着离开这地界儿，你得问他们！"说完之后，孙悟空直接将众生怨念所化的左臂怼进了地面！

下一秒，整座狮驼岭全在颤抖，那地面上的腐肉，树上的残躯，无数年来不知压抑了多少了孤鬼冤魂，这一刻，全都冲了出来，黑压压的一片遮住了天上的佛光，全都扑向了金翅大鹏鸟。

一声惨叫之后，金翅大鹏完全被吞噬，黄毛老象和青毛狮子也没能幸免。孔雀明王怒目看着一切，愤怒到了极点。

再看孙悟空，燃气斗战之火焚烧了整个狮驼国，咬牙切齿朝着大孔雀明王说道："回去告诉如来，俺老孙，又回来了！"

第八十四回 再入灵山

当年齐天大圣孙悟空凭一己之力大闹天宫扰得三界是不得安宁。可这猴子到了灵山大雷音寺，在见到佛祖后，除了哭就是闹，你可曾见他撒过野？

我告诉你这一切绝非巧合，因为灵山真正的实力，这猴子再疯他也惹不起！

众所周知，这三界上下尽归天庭玉皇大帝，凡间界的四大部洲，有西牛贺洲的一小部分归属了灵山，但即便如此，玉帝仍对灵山有所顾忌。

别看灵山地界虽小，可神佛众多，不算罗汉比丘，单是密宗众佛祖和菩萨竟然就不下百位，加上多少年来的疯狂布局，信徒遍布各洲，这实力就是众天帝天神齐聚，也不敢说能一举拿下！

这个西游里最让人看不透的一股势力，才是让那猴子都真正感到畏惧的存在！

说起来，灵山脚下狮驼岭惊天一战，孙悟空当着孔雀大明王的面儿，引众生哀魂吞噬了三大魔王。

那青毛狮子和黄毛老象生死不论，金翅大鹏可是与孔雀同出凤凰一脉，孔雀明王已经明显动怒，其化身与天上威压急速骤升，片刻之后，他撂下了一句话："你们师徒，做得好。咱们灵山见！"说完之后是凭空消失。

此刻狮驼国燃起了熊熊大火，孙悟空这是要送这些不知往死了多少年的冤魂最后一程。

金翅大鹏在被吞噬之后，一颗宝珠飘于空中，此珠乃是其心脏。因其生前吃了不知多少条龙，这宝珠之内竟然蕴藏着惊天的龙毒。

死亡般的龙气不停地围着宝珠环绕，而小白龙毫不犹豫地将其一口吞下。这股龙毒不知为何与他一身的枯骨极为契合，淡淡的黑色毒气从龙骨里渗出，修为一时间大涨。

眼看狮驼岭一役告一段落，自始至终都未动一下的唐三藏淡淡地说了句："前方不远便是灵山，真相就在那里。上路吧！"话音一落，师徒几人再度前进。

神奇的是，上次来时他们还不曾发现，那狮驼岭与灵山的交界处，玄而又玄。整个狮驼岭腐烂压抑，可过了交界线后，映入他们眼帘的却是圣洁一片。这冲击感可算得上是"一念天堂，一念地狱"。

说起这灵山大雷音寺乃如来极乐处，没有城池，脚下设有玉真观、凌云渡，山上还有万佛阁、如来殿、七层塔和大雄宝殿等建筑，可谓宏伟壮观！

当师徒几人踏入灵山范围内时，成群的祥瑞异兽不停地跑着，万物复苏，春意暖心。可这些在孙悟空的眼里却再没有当初的美好，而是沉甸甸的压抑。

当四人一龙走到灵山大台阶处时，唐三藏顿住了身形，朝着山上双手合十念了一句"阿弥陀佛"。这时候，原本安静无比的灵山一阵阵的金色佛光暴起，只见天上五百罗汉和无数比丘全部出动。最前方的那四个，也是熟人，正是当初在白骨岭与他们大战的四大金刚！

但这一回，孙悟空并未着急动手。他张开六耳之力，已然听见这灵山山顶处有人在斗法。难道这灵山之上已然有巨变？

还不等他反应，只听一声巨响，那山顶处一尊尊巨大的虚影显现，猴子一眼认出，那些全都是佛祖菩萨的刹化身，也叫明王身！

这时，四大金刚一句废话都没说，直接引众罗汉开启大阵，一束佛光朝着师徒几人袭来。

唐三藏等人明显是感应到了什么，皆待在原地不动。只见天上神兽谛听突然窜出拦下了攻击，地藏王菩萨落于他们身前，随后其身上无能圣明王化身显现，朝着师徒几人说道："你们可要做好准备，此去灵山可谓是九死一生！"

第八十五回
灵山之变

你知道吗，当初唐三藏师徒在如来的巨掌之下灰飞烟灭，全都死在了灵山上！而如今时过境迁，这四人一龙重走西游路，各自取得了大机缘！

在反攻天庭之后，师徒几人再次脚踏灵山的台阶时，这场灵山之战注定要腥风血雨！

而一直在孙悟空脑中徘徊的，也只有一件事儿：这如来他到底能有多强？灵山八大菩萨与之相比又相差了多少？

当他看到地藏王菩萨开启了自己的刹怒尊无能圣明王身的时候，这个三界中灵山最大的秘密也终于彻底揭晓！

这世人都说“佛魔一体、共生不灭”，可他们哪里知道，这力量就在这一念佛魔之间。

凡间界灵根上佳，修佛者众多，但凡人究其一生，最多也只能修得“一念成佛，一念入魔”。但诸位菩萨却不同。道家讲究看透世间万物的本质，以修天道自得；而佛家要参透的是自己的心。

世人看到的诸佛菩萨造像皆是柔和安详相，此乃菩萨心肠，但他们还有一从不轻易示人的刹怒恐怖相，也就是明王身！这才是灵山诸佛的霹雳手段！

此刻面对灵山四大金刚和众罗汉的阻拦，地藏王菩萨释放了自己的专属明王身！这无能圣明王乃是佛家密宗八大明王之一，能降伏众生的烦恼魔障。只见其四面四臂，其中独钴杵、斧钺和三叉戟皆拿在手里，唯独第一只手捏着威吓在场所有人的佛家期克印！

就在众金刚罗汉发愣的一瞬间，地藏菩萨口念神秘咒语，下一秒唐三藏师徒五人原地消失了，直达灵山山顶处！等他们再次睁眼之后，震撼的一幕汹涌而至！只见周遭建筑残败不堪，观音、普贤和文殊菩萨同时都开启各自的明王身，不停地施法，与面前的敌人大战！

要知道，观音菩萨的马头明王，普贤菩萨的步掷金刚明王和文殊菩萨的大威德明王可是修为通天。三大明王同时出现，竟还拿不下对方，这怎能不让人心惊？

待孙悟空看清之后，更是愣在当场，因为那敌人竟然是灵山如来佛祖！这到底怎么回事？

原来，当年如来奉玉皇大帝命赶往天庭镇压孙悟空，可回去之后，性情大变，不同往日，众菩萨早已有所发觉。这也是为什么唐三藏师徒几人再踏西行路后，几大菩萨不轻易露面的原因。而文殊菩萨更是暗中相助师徒几人各取机缘，甚至复活了散落于灵山台阶上的枯骨小白龙。

当唐三藏等人抵达狮驼岭后，如来欲下诛杀法旨，这才遭来在场三大菩萨的阻拦。只是可惜，与如来佛祖相比，众菩萨皆弱了一头，三人联手之下仍不能占据优势。

因事发突然，孙悟空和猪八戒是一脸蒙，一时间也没来得及出手！

而地藏王菩萨却率先动了！只见无能圣明王那巨大手臂虚影双手合十，地藏菩萨一声大喝：“定!”

这时，天上一束淡淡的佛光罩住了如来!

眼见机会难得，其余三大菩萨同时出手，马头明王高举骷髅杖，一束毁灭之力冲出；步掷金刚明王浑身冒起虚空火焰，右手一指，火焰也是急射而出；再看大威德明王，更是凸显九头三十四臂十六腿，手执法器就冲了上去！这联手一击打得是狂风暴起，烟雾缭绕!

但是，只听“砰”的一声，众明王皆被震退。如来佛祖嘴角一笑，竟将那股子佛力全都返还了回去!

面对这一幕，孙悟空抄起金箍棒就要冲过去，可却被一旁的唐三藏拦住，随后他竟以自己的金身挡在了众菩萨面前！当反震佛力抵达后，唐三藏的金身终是再也承受不住，开始一片一片地碎裂脱落!

猪八戒等人大惊失色，齐齐地喊着“师父”。可就在这时候，唐三藏那脱落的金身后背竟伸出了六只金色的翅膀!

第八十六回 三藏本相

你知道唐三藏的前世吗？你知道他的来头到底有多大吗？

当年如来佛祖在大雄宝殿上辨真假美猴王时曾亲口说过："有五虫：乃嬴、鳞、毛、羽、昆。"可事实上，还有十大妖虫存于世间！

无论是封神大战还是西游之路，他们的身影一直都穿插其中。而这唐三藏正是那十大妖虫中最为贪婪残暴、于混沌初辟之时便已诞生的六翅金蝉！

大家都熟悉的三大妖虫：金光困住孙悟空的百眼魔君多目怪，为夺舍利跟二郎神杨戬大战的九头虫和锦绣娇容、敢蛰如来、破了孙悟空一身金钢铁骨的万古毒蝎。

可除了它们，据《山海经》记载，还有腹虫、琴虫、蚯蚓、化蛇、盘丝大仙和嗜血蚊道人，其中蚯蚓和蚊道人在封神大战那一次可是大放异彩。

那蚯蚓自恃一身的本事，成为青龙关总兵，征战西岐大军，因擅长摄人魂魄，大破黄天祥。若不是三太子哪吒无魂无魄，一时间还真就拿不下他。

再说蚊道人，可谓机缘通天，其诞生于幽冥血海之中，一只长吻可破天地万物，不仅吸干了龟灵圣母，还飞往西方圣地，将西方教的先天至宝十二品莲台直接吸去了三品，导致灵山一脉足足晚诞生了千年之久，也正因此，其位列十大妖虫之首。

唐三藏这个六翅金蝉，就排在蚊道人之后！此虫背生六只蝉翼，看似人畜无害，实则凶残无比，专食六道之内所有生灵。虽说他肉体强横，不惧神兵法宝和神火天雷，但却有个致命弱点，那便是往复循环重回金蝉形态。

而六翅金蚕结茧化蝉这一过程，便也是他最为虚弱、不堪一击之时，巧合的是这一幕正好被如来撞见，最终天蚕铸茧之时，练成锦镧袈裟。

六翅金蝉也顺理成章地成为灵山名号金蝉子，只因其前身罪孽过重，这才有了如来佛祖安排他转世九次命丧流沙河的命运。只为消除其罪恶，助其积累功德。

只是现如今时过境迁，佛祖当初为何对自己的徒弟痛下杀手，还要夺其十世修为，这本就匪夷所思，不合常理！而在灵山之上，这师徒二人再度相遇，也终是难逃你死我活的命运。

此刻，如来佛祖纹丝未动，一招之下，力压四大菩萨的明王身，唐三藏的金身更是一点一点地碎掉！可就在这千钧一发之际，唐三藏背生六翼，那金灿灿的羽翼上下拍动，煞是好看！

此一幕出现后，猴子和老猪等人最为惊讶：这一路走来，原来自己的师父还有此等秘密不被别人知晓！

片刻之后，唐三藏终于化出本相，露出了上古妖虫才有的凶残之势，四大菩萨于一旁并未急于出手。他们看得出来，那金蝉失智，眼神里只有凶性。

这时，如来轻蔑地看着对方，淡淡说道：“即便你再得机遇蜕壳生，可虫终究是虫，就算是巅峰状态，我欲拿你，易如反掌！”说完之后，如来轻抬右手，天上立时出现一巨大的金色佛手向下拍来！

再看那金蝉，似乎感到了威胁，张开六只蝉翼，用力一拍，其天赋绝技六翅天刀出现，一时间是全部飞出，竟将那佛掌削了个粉碎。下一秒，那天刀再次回转，直奔如来脖颈处。

六把刀同一时间全都“当、当、当、当、当、当”砍在了同一处。但是，如来佛祖有金佛护体，那刀在砍进了半寸后再也无法深入！

饶是如此，四大菩萨还是心中大惊：这上古妖虫凶残至此，除非有通天的修为，常人早就身首异处！

而佛祖此刻面无表情，一阵佛声响起，天上瞬间出现了无数巨掌。金蝉眼见不可敌，想要立刻飞走，可四面八方此刻哪还有路能逃？直接就被如来死死抓在了手里。

同一时间，灵山管辖的小雷音寺内，弥勒尊佛突然开口，慢慢说道：“真假如来即现，且看二佛竞斗也！”

第八十七回 佛魔如来

如果我告诉你，灵山大雷音寺，也就是如来佛祖所在西方教，其实是出自太上老君之手，这样的真相你相信吗？

而灵山这个地界，在天庭玉皇大帝的眼里，从一开始也就是个工具而已，只是世事难料，谁能想到现如今那灵山早已失控，天庭这些做茧者也终将自缚！

随着唐三藏化成六翅金蝉本相大战如来佛祖，这灵山佛家的起源也浮出了水面！

此刻在这灵山之上，四大菩萨眼看着如来死死地将六翅金蝉抓在手里。他们知道，再不出手，即便这上古妖虫再强，也难逃灰飞烟灭。

这时候，在一旁早已经按捺不住的猴子率先动了手，只见他如炮弹一般原地射出，冒着熊熊黑火的如意金箍棒瞬间变大，直接就砸向了如来的右臂。只听“咣”的一声，一股强大的反震力传来。

说起来，这齐天大圣反应了得，他竟然将这力量传到了后背处，借力分出了六耳猕猴分身。而那六耳猕猴在出来的一瞬间，双手合十，竟再化千百个分身，同时使出了五行法术试图干扰对方佛力本源。

而大圣本尊趁此间隙纵身一跃，想要救下唐三藏。但让他没想到的，短短数十米的距离，他竟然怎么也窜不过去！

唐三藏和他永远都保持在这个距离不曾改变，在这一瞬间，孙悟空似乎想到了什么，恐惧感油然而生！

是的，他想起来当年与佛祖的赌注，想起了自己一个跟头都始终没能跳出如来的手掌！

原来整座灵山早已成了佛祖的法场，一只巨大的手掌虚影就托在了灵山之下。当地藏菩萨带着师徒几人踏上灵山的那一刻起，他们就全都在佛祖如来神掌的控制之下。

齐天大圣抬头看天，果然看到一双巨大的眼睛在望着他们！

如若那幻身不破，灵山上如来的这尊金身是不死不灭，这还要怎么打？

就在这时，如来的右手突然紧握，六翅金蝉那坚硬的外壳被挤压得几近碎裂。但也就是这一强大的压迫力，这上古妖虫发出了一声震耳欲聋的嘶鸣，随后在那丝丝裂痕的甲壳里迸发出了耀眼的金光，一股神圣且祥和的佛气汹涌而出！

这时，如来带一丝笑意地看着这一切，淡淡说道："你终于肯出来了！"

下一秒唐三藏变回了人身，而在他头顶处，一尊巨大的金佛显现了出来。众人抬眼看去，倒吸了一口冷气，这尊大佛竟然与如来佛祖长得一般无二！

沙和尚立刻传音到了孙悟空的耳朵里："大师兄，你且后退，师父自然安然无恙，这是佛如来与魔如来的二佛之争！"

孙悟空听完，当场愣住，惊讶之余他终于知道当初在天庭，为何见到师父会总觉得陌生，难道这一切都与小雷音寺有莫大的关系？

此时，当佛如来彻底显现之后，他极其祥和的声音响起：“你可知自己已铸成大错？众生皆信仰我佛，回头才是岸啊！”

可谁想魔如来听完却笑了：“执迷不悟、铸成大错的是你才对吧？你我本为一体，这灵山是怎么来的，你不会忘了吧？信仰我佛，这信仰是什么，不过工具而已！在这三界，信仰教派千千万，灵山只是被天庭上位者选中用来教化众生罢了！

“至于众生信仰我佛，就更可笑了，你看看这灵山飘着的那是香火吗？那全是众生的欲望。他们信仰的也从来都不是我佛，可他们自己还不承认，甚至还辱我佛门名声！可笑我满足了他们，还要背负骂名！

“灵山也成了欲望的毒瘤之地。不过当然，也正因为众生的欲望，让我真正拥有了无上法力！都说佛魔共生一体，依我看，你根本没必要存在！只有入得真魔才可悟三界大道！”

说完之后，天上那巨大的佛掌朝着灵山就拍了下来，而佛如来闭上了眼，默念佛法，那天上也同时出现了另一尊佛像！

当两大如来神掌即将相撞之时，这场灵山大战，算是正式开局！

第十四篇

东西大战

第八十八回 佛本是道

你一定有个疑问，灵山如来佛祖的真实身份到底是谁？

众所周知，《封神榜》与《西游记》之间一直都有着千丝万缕的关系。而“佛本就是道”这个传闻，也从来都不是空穴来风！这里面其实一直都藏着一场棋中棋、局中局！

当初的那场天庭之战，乃是鸿钧老祖布下的天地棋局，只为助玉帝成圣以稳三界太平。在这盘大棋的下面，实则还藏着一场没有硝烟的棋局，那便是东西方气运之争，而这盘棋局的执棋者便是太上老君！

说起来，这一切的开端还要从那场封神大战说起。

道家三清通天教主曾有一弟子名为多宝道人，乃碧游宫四大亲传弟子之首，其实力更在玉虚宫十二金仙之上，地位不弱于南极仙翁。多宝道人只因自己的徒弟在佳梦关前被广成子打死，复仇心切，挑起了劫教与阐教之间的斗争！

不久，他拿着劫教通天教主赐予的四把诛仙宝剑摆下了诛仙剑阵，那一战，就是元始天尊入阵都被斩下一朵金莲。最终太上老君骑着青牛而来，打开法宝太极图，化一座金桥，昂然踏进陷仙门，打得通天教主节节败退。

多宝道人眼见自己师父受挫，情急之下，竟打算与自己的师伯太上老君斗法，然而最终还是被对方的风火蒲团击败。也就从这一役后，多宝道人便消失在了历史的舞台。

当年老子西出函谷化胡为佛，他带着的就是这多宝道人。一句“多宝西方拜释迦”更是印证了一件事儿，这多宝道人便是后来的灵山如来佛祖！

为了助其组建西方教这个势力，太上老君更是暗中以狮、象、吼三匹坐骑，引师弟元始天尊门下的慈航道人、普贤真人和文殊广法天尊入教，这三人也就是后来的观音菩萨、普贤菩萨和文殊菩萨。除此之外，燃灯道人和惧留孙也在其列！

如若不是如此关系，那元始天尊门下集体叛乱，这道家三清早就将灵山灭门，怎还会让其在中土扎根多年不闻不问？

老君费尽心思所做的这一切，意义极为深远：一则让灵山辅助天庭化解众生欲望，平息哀怨；二则便是西方圣人已出，因这片天地气运有限，加上东西方法理相悖，早晚会有一战！

太上老君这才提前布局，培养了灵山这方势力，以作东土与西方的缓冲地。只是天道法理终是讲究一个因果，布局是因，灵山是果！

在因果之间也必然存在着避不开的劫，这本为守护东方而存在的灵山，却在多年之后，或许已经被西方渗透利用，做了节制东方的工具。

那佛魔如来之间的大战，便也成为开端！

此刻在灵山之上，魔如来与佛如来同出如来神掌，天上两大佛影对撞，虽看似势均力敌，可孙悟空一眼看出，佛如来那一掌明显偏弱。那魔如来被众生以欲望滋养多年，法力已然深不可测，若不是心境所限，恐怕他随时可以入圣。

这时，魔如来得意地笑了，他知道无论是佛压住了魔还是魔吞噬了佛，最终这实力必然会有所突破，现如今来看，自己是占尽了先机！

眼看佛如来已然不敌，同一时间，天空上再现三大菩萨身影，这来的正是金刚手、虚空藏和除盖障菩萨，此时七大菩萨相互对视之后，以各自的明王之身将所有佛力全部都打入佛如来体内。

只见佛如来脚下突然冒出了多彩佛光，先天至宝九品莲台直接就被祭了出来。直至这一刻，魔如来露出了惧色！

莲台一出，他已经是没了退路，在这最后的时刻，他只能强行吸收灵山所有的欲望之力，拼死一搏！

但也就是这一动静，却也成为东西方大战的开端！

过去佛、未来佛入局灵山，东方众天庭神将也即将陷入西方诸神的阴谋之中！

第八十九回
燃灯古佛

你知道，那灵山大雷音寺其实际掌权人到底是谁？

这是个集众生欲望，为世间贪婪之人净化心灵之地。如来佛祖是高坐于大雄宝殿上，可他却也不过是灵山一派的门面而已，真正的控制者实则另有其人。

此人地位很高，甚至能与太上老君同在三层高阁朱陵台上讲道！

他不是别人，正是万佛之祖——燃灯上古佛，也称定光佛。

要知道，佛分三世，如来佛祖乃是现在佛，弥勒尊佛为未来佛，这燃灯上古佛便是最早的过去佛！

佛家看中因果，若无过去，何来现在和未来，其地位也自然不言而喻。

可也就是这么一个极其低调，且地位崇高的灵山神秘大佬，因为他的一念可以影响整个灵山信徒，到底是成佛还是入魔，也自然会被外邦诸神盯上。东方的大门能不能被敲开，全在其一念之间！

此时，佛如来与魔如来之间的巅峰一战已然到了尾声。

当看到九品莲台之后，魔如来内心的恐惧感被无限放大。要知道如来之所以能修得佛祖金身，他不知道击败了自己多少次心魔，每成功一次便为那莲台加升一品。在足足九品的威慑之下，魔如来有此反应也绝不奇怪！

眼看已无退路，他强行吸收灵山上的众生欲望之力，随后开启六丈金身，硬刚这件先天至宝。

但很遗憾，佛家四大皆空！这欲望之力在稳坐莲台上的佛如来面前，根本没半点儿作用，而且从莲台处散发而出的那股神圣纯净的金光正一点一点地压制欲望之力。

魔如来知道自己即将被封印，为对方所用。在这最后的时刻，他放声大笑："也罢，逼迫东土各国派取经人传教的事我来做，为天庭消化众生欲望的工具我来当。可我告诉你，被欲望滋养的可不止我一个，就怕这救世主你当不起！"

这话音一落，金光照下，魔如来彻底消散，被封在莲台之内！

如来佛祖闭上了双眼，默念"阿弥陀佛"，直至此刻，灵山之变看似已经告一段落。

七大菩萨朝着如来佛祖施礼，唐三藏师徒五人一时站在原地不曾动弹。原来从一开始，佛祖一掌将他们打得灰飞烟灭，全是魔如来所为。随着真相的揭晓，孙悟空等人此刻内心是五味杂陈，复杂感一时间也难以表述。但是，这一切真的就那么结束了吗？

就在这个时候，如来佛祖的身体突然若隐若现，虚实飘忽不定。

孙悟空立刻感到了危险，他抬头看去，整个太阳被慢慢遮住，竟变成了一只巨大的眼睛。而再看灵山，也被一大片阴影缓缓地笼罩，山左面黑暗无比，山右面光明依旧。这天地异象竟展现了佛家真正的含义。

下一秒，无数道人影从黑暗处走了出来，众人定睛一看，除去如来、弥勒等人，其余四十几位尊佛齐聚，而走在最后面的那位，正是万佛之祖——燃灯上古佛！除此之外，以大明王孔雀菩萨为首的其余几大菩萨也一一出现在此列。

众人见后，谁都不敢轻举妄动，也不知如此阵仗是为何意。

这时，燃灯古佛朝着如来慢慢说道："你能再次化解心魔之劫，为师替你高兴。但是，这天地格局已变，你我无论怎么修行也不过沧海一粟，实难帮众生脱离苦海，既然旧的信仰做不到，不如让西方的信仰进入东土，你来帮老师完成如何？"

不等如来佛祖作出反应，孙悟空听完眉头大皱，这话到底什么意思？对方虽看似是在询问，但却隐隐透着杀机！

这时候，天空上一阵阵霞光亮起，弥勒尊佛也降临在了如来佛祖的身旁。而奇怪的是，他的身体也同样虚实不定。

弥勒佛朝着如来说道："你我皆要面对过去，燃灯佛祖信念已变，这过去一旦更改，现在与未来皆不复存在！而且不止你我会消失，恐怕众生也难逃此命运！"话音一落，在场之人全部大惊！

在灵山的最深处，一个神秘黑影笑道："饵已下，这鱼儿该上钩了！"

第九十回
漫天神佛

自盘古开天辟地之后，东方神明经历数次天地大劫，最终是天庭势力掌控东方气运，统治三界上下！但谁能想到，宇宙浩瀚，早已有其他神明觊觎东方。

唐三藏师徒几人抵达灵山，见到佛祖，揭开了重重谜团之后，这场宇宙浩劫也终于拉开了序幕！

此刻，燃灯古佛携灵山诸佛已经站在了天庭的对立面，这里面到底发生了什么，别人可能不知道，但掌握未来之力的弥勒佛和遭遇心魔上位的如来佛祖却清楚得很。

这时候沙和尚一边扶着刚刚化回人形的唐三藏，一边向孙悟空道出了原委。

原来在天庭大战之前，他们师徒在乌鸡国受文殊菩萨一掌，各自散落于他处。猪八戒鏖战女儿国，孙悟空与地狱十九层吸收了赤尻马猴，而唐三藏和沙和尚他们二人便来到了弥勒佛管辖的小雷音寺处。

在那里他们并未遇到黄眉老怪的刁难，反而得知了令人震惊的真相：当初如来佛祖受玉皇大帝之命前往天庭镇压大闹天宫的孙悟空，但所有人都知道，那一次镇压并没有看上去的那么轻松，如来可是付出了自断一臂的代价，这也是他为何匆匆离去，返回灵山的真正原因。

但所有人都不知道的是，如来在回去的半路上遭遇了四位未知神明的截杀。在那危险的时刻，如来佛祖以无上佛力硬刚，可最终还是被对方联手打到重伤。而对方不知是何来路，竟还用一神器吸出了自己的心魔。他只能遁入九品莲台内，才得以脱身，遁往了小雷音寺！

弥勒尊佛因为能看到某些未来之事，这才将真相告诉了唐三藏，希望能将佛祖还未痊愈的神识打入到其体内，以佛法滋养金身。作为佛祖的弟子，唐三藏也自然同意，这也是为什么孙悟空之前总觉得此人不是师父的原因。

这猴子沉默不语，灵山之变肯定和偷袭佛祖的那群未知神明有莫大的关系！

这时候，燃灯古佛淡淡说道："或许你们几个觉得我错了，但这个世界远比你们想象中大得多，现如今你们知道天庭有多少神与天庭并不是一条心吗？总之，我做所这一切乃是大势，你们几个即便不认同，恐怕也拦不住！"

这话音一落，血色的天空顿时昏暗无比，从远处出现了一片黑压压的未知神明大军，气势汹汹，整个宇宙宛如末日一般。

孙悟空眼看着形势巨变，自己一方这几人恐怕就是全上，也不一定拦的下那么多人，只能先下手为强！

如意金箍棒一阵金光乍现，齐天大圣一飞冲天，道："东方的地界还轮不到你们撒野！全都给我去死！"

眼看这一棒就要砸下，天空上那只血红的眼睛突然射出充满了极致毁灭之力的火焰，竟将猴子逼退了回来！

只听有个声音朝着大军喊道："东方灵气醇厚，气运鼎盛，今日之后就全是我们的了!”说完之后，只见黑压压的大军全部直奔东方推进。

可就在这时，混天绫凭空出现，封锁了灵山最上方，数十万天兵天将显现，为首的正是三太子哪吒!

而二郎神杨戬手持三尖两刃刀一声怒喝:“我东方境地，谁敢踏足半步，杀无赦!”

第九十一回
大军压境

这到底是怎样一场灾难？

未知神明陆续出现，竟引得东方天庭几十万的天兵天将赶赴灵山镇压！

当三太子哪吒和二郎神杨戬降临战场之时，东方神明阻挡外邦诸神，抢夺气运的生死之战，正式吹响了号角！

无论对方是谁，胆敢踏足东方境地半步，一概杀无赦！

此刻二郎神杨戬的这一声怒喝响彻灵山方圆几百里，在场所有神明皆是一惊！

东方神明一直知道在东方之外，一定存在在其他未知神明，但大家一直相安无事，并未真正动过手，更别提大军压境，此时外邦诸神还是第一次感受到东方战魂不可睥睨的气魄。

就当众人发愣之时，为首一人大喊："你们还在等什么，全都给我冲过去！"

只这一句，各路不知其名讳的妖魔邪祟全都红着眼冲了上去。东方这片祥和之地的气运太过诱人，这利益不但能让凡人失心，更能让神彻底疯狂！

随着这一幕的出现，灵山上第一道屏障，也就是三太子哪吒的混天绫瞬间崩溃。

这时候，所有天兵天将早已经布好大阵，巨灵神等神将抄起武器一声大喝，直接硬刚，这一战打得那叫一个昏天黑地！

三太子哪吒更是脚踏风火轮，手持火尖枪直冲阿修罗大军之中。混天绫冒出三昧真火，所过之处火焰大盛，硬是在地面烧出了一条巨大的隔离带，只为阻止对方大军前进！

这场旷世之战发生得突然且又迅速，不消片刻，灵山之上早已经打成了一锅粥。

猪八戒、沙悟净和唐三藏各自开启法身，阻挡不下万人。那小白龙更是一飞而起，只见其浑身冒着逆天的死气蔓延开来。

面对真正的龙威，对方一时间也是迟疑了片刻。可终究数量优势巨大，只要蚂蚁够多，足以食象。下一秒，又一窝蜂地扑了上去！

但此刻如来佛祖和弥勒尊佛却还不曾出手，而孙悟空紧握金箍棒，他知道真正的危险人物似乎还没有露面！

再看二郎神杨戬，他猛地抬头看向了天上那血色的巨眼，三尖两刃刀一股寒芒闪过，直冲而上，其通天法眼猛地怒睁，一股神光直怼毁灭火焰！

在半空中，那刀尖更是冒出了天狗虚影，这天狗食日于灵山上再现，幻术之眼直接被破掉！

只听为首那人笑道："你们何必反抗呢？你们的天庭早就烂透了，东方气运如此雄厚，分一点出来不是很好吗？当然，你们可以不同意，但最好别惹火我，否则这下场就是将你们东方三界全部毁灭！"

听闻此话，饶是孙悟空心性稳重了不少，可终究还是上了头，那双火眼金睛已经愤怒地燃起了火！

另一边，燃灯古佛带着凝重的表情大声质问对方："你是什么意思？说好的福泽众生！为何现如今，句句不离争抢气运，你要违背约定不成？"

是啊，灵山这个过去佛也天真了，是天庭众神当初的所作所为让他被愤怒攻了心，因此被外邦神明欺骗！

如来佛祖也适时说道："老师，今天你我若不将他们拦在此处，恐怕众生再无活路！"

燃灯古佛终于醒悟。他双手合十，念了一句"阿弥陀佛"，直接金光暴起，如来和弥勒紧随其后，他们直接选择了融合金身！

在最后一刻，如来朝着孙悟空喊道："这里交给我们，其他的就只能靠你了！"

也就在这个时候，唐三藏师徒五人的耳朵里同时响起了后土娘娘的声音："天庭遭遇巨变，玉皇大帝危在旦夕，你师徒五人速去相救！"

第九十二回
天地融合

此刻于灵山之上，燃灯、如来和弥勒融合金身化三世佛，大战这群妖魔邪祟的首领；二郎神杨戬和三太子哪吒也各领十万天兵天将阻挡天龙八部众的不断进攻，打得可谓天昏地暗。

可让唐三藏师徒五人均感诡异的是：为何天庭只来了这些人？下一秒，后土娘娘便给了他们答案。

原来，除了他们面对的这群神明之外，另外有三大神明势力也同时于东土的上方位、下方位和右方位发难，天庭四御中的勾陈大帝、长生大帝和掌管地府的酆都大帝均已出兵平乱，带走了天庭几乎全部的兵力，可见此一役关乎生死存亡！

齐天大圣知事态严重，根本就没废话，留下师父和师弟们，直入上空赶赴各大战场。灵山诸佛皆在，绝对不会失守！

要知道孙悟空一个跟头可是十万八千里，即便距离再远，也不过就是瞬息的工夫。为保万无一失，他还分出了灵明石猴和六耳猕猴两大分身，一个支援上方勾陈大帝，一个支援下方长生大帝，他自己直奔右方位的酆都大帝！

三位天帝均陷入了苦战，虽然打得惨烈，但三大天帝引煌煌天威而下，还能保持平衡。但谁能想到，他们各自带去二十万天兵天将，竟然出现了一半儿临时倒戈的一幕！

几大外邦神明均哈哈大笑！没错，几大势力布局多年，等的就是这一刻！

当几大外邦未知神明势力同时踏足我东方境地之时，无论是对唐三藏师徒，还是对这漫天的神佛，或许都必须要经历的一场救赎！

此刻的三大战场何止一个惨烈能够形容，虽然妖族大军的出现补足了兵力的缺失，可他们毕竟被打压多年，作战又怎可能比得过对方？

此时齐天大圣的六耳猕猴分身赶到，眼见妖族大军一时间根本拿不下对方那些不死生物。六耳拽下毫毛，上万只猴子降临战场，当金箍棒扫过战场之后，敌人全部都被碾碎不再复生。这才将局面彻底稳住。

这灵明石猴入场之后，得到长生大帝神力加持，竟变化出全部四象神兽之力，天外的火焰陨石不停地往下砸。

三大战场此刻看上去算是彻底摆脱逆境，可这时候，天上的空间已经出现了丝丝裂痕，巨大的声响传遍整个东方三界。

第九十三回
天庭之危

此刻，齐天大圣孙悟空逆转三大战场，六耳猕猴和灵明石猴是一通胡乱冲杀，顿时减轻了勾陈和长生两大天帝的压力。

但就在这时候，天生异象，一声巨响更是让整个东方三界之人全都吓得愣住，抬头看去，天上那一丝丝的裂痕似乎都在告诉所有人，这天，是真的要塌了！

为首之人朝着酆都大帝和孙悟空笑道："你们的天庭和玉帝恐怕就要不存在了。圣人虽强，但他能扛得住几十位主神围攻吗？东方人族不信奉你们，天庭解散没法收留你们，加入我们吧，这是多好的一件事儿啊！"

此话一出，东方几大天帝皆恍然大悟。

没错，为了抵御四大战场的入侵，天庭几乎出动了全部的兵力，唯玉帝一人坐守凌霄宝殿，现如今看来，自己一方是全中了敌人的调虎离山之计！

天空上那一丝丝的裂痕足以说明，此时此刻，玉帝危矣！

因知道东方这片天地无法轻易拿下，他们才设计了一出魔如来上位的大戏。一方面以文化价值观进行渗透，改变东方三界的信仰；另一方面，催化芸芸众生欲望，激化东方神族与人族之间的矛盾，可谓一箭双雕！如此下去，用不了多久，东方神权定当自行瓦解。

只是玉皇大帝突然成圣，这让他们感到了不安，在恐惧的催促下，他们发动了战争！

此时，几大天帝包括三大佛祖虽悟出真相，可终究只能一声叹息，他们此刻分身乏术，无力回援玉帝。四大战场若是放弃，整个东方只能生灵涂炭。

同一时间，在天庭之上，玉皇大帝手持神剑面不改色，一声王者之吼传遍整个三界："狼子野心之辈，要上就一起上，朕，何惧？"

第九十四回
螳螂捕蝉

这是一场预谋已久的战争，这里发生的一切自然逃不过玉帝的那一双眼。这个东方三界霸主无比淡定，睿智的眼神中第一次显出了杀意："我东方之事还轮不到汝等外神参与，既然你们来了，不知可曾听过'圣人之下，皆为蝼蚁'？"

话音一落，玉皇大帝手中的神剑突然发出耀眼的金光，一股剑形的神力直射而出。

为首的一人也算反应及时，知道不可力敌，直接将一盾立于身前。此盾乃是其最重要的两件神器之一，集四种神力于一体，当剑意撞向大盾之时，饶是做足了准备，还是不断地向后倒退！

下一秒，有人大喊："大家还在等什么？快动手！"

此话一出，群神乱舞，在这祥和的天庭之上，闪电狂暴，火浪席卷，各种魔法铺天盖地地砸向了玉皇大帝。那撩起的大量烟雾，还真就看不出玉帝是死是活！

但是，在这弥漫的烟雾之中，突然亮起了九双眼睛，随后一声声的龙吟，九颗龙头探了出来。没错，这正是玉帝的九龙护体。

虽已经出现了裂痕，但只要没被突破极限，就可抵御所有魔法神力！

同一时间，伴随着狂躁的闪电，紫薇大帝及时赶到，其身后还跟着五岳正神，东岳大帝黄飞虎、南岳大帝崇黑虎、中岳大帝闻聘、北岳大帝崔英和西岳大帝蒋雄！

这时候玉皇大帝慢慢抬手，竟然祭出了从未示人的封天印，此印一出，天地出现屏障，整个天庭都被隔离在三界之外！

玉皇大帝抬眼看去，威严霸气地说道：“这个局，你们是螳螂，我东方才是黄雀！”

第九十五回
围栏狩猎

就当西方各路邪恶势力围攻天庭，以为整个东方都即将成为他们的囊中之物时，这群靠着烧杀抢掠、以暴制暴而组建的西方神明怎么也不会想到，他们引以为傲的所谓阴谋，终是要被东方的阳谋完全吞噬。

这天下大势，看似不争，才是大争！围栏狩猎，看似猎物的往往才是猎人！

此时此刻，想要脱离战场的诸神，全都被一拂尘给抽了回来。

正是五庄观地仙之祖镇元子！说起来，从菩提老祖现身助玉帝成圣之时，这老道便算到了此劫，此时此刻出现也绝非巧合。

只听地仙之祖沉稳地说道："玉帝，你我皆一心寻求天道，你要做什么，我清楚。你尽管放手一搏。"

说完之后，镇元子拂尘一甩，一股厚重且无形的神力涌出，将整个天庭都包在其内。此时的天庭更像是一座牢狱！

一旁的玉皇大帝直接祭出了其最为神秘的神器——幻界大天樽。此樽看似一酒杯，但实则内壁大到没有边际，可融合万物，凡在其内，玉帝便是主宰，真正地化物为王。

当西方诸神见此一幕后，虽不知玉帝要干什么，但他们感到了危险，其中有六大巨人更是第一时间脚踏流星，大步向其跑去，想加以阻拦。

这时候，雷震子张开巨大的羽翼，浑身电闪雷鸣，手持风雷黄金棍直射而出。因其肉身已然成圣，与巨人一族相比，其身体虽是小了很多，但其力量却丝毫不弱，立刻就挡住了其中一个。但还有五个巨人不要命地往前冲！

就在这关键的时刻，那熟悉且霸道的闷雷之声再度响起，只见牛魔王于兜率宫赶来再化本体——一头大白牛就撞了过去！

另一边，二郎神杨戬与唐三藏师徒于灵山赶到，杨戬开启法天相地，猪八戒无限变大，沙和尚借玉帝的五行神力化作了元素巨人，就连唐三藏也化作了巨大的六翅金蝉！

一时间在这天庭之上，出现了无比震撼的一幕，六大巨人就这么生生地被拦了下来！

玉皇大帝在不断向幻界大天樽输入神力的同时，慢慢抬眼说道："我东方以道家为根，讲得就是和谐、包容和规矩！你们西方不断渗透，真当我不知道吗？

"我东方人族也好，神族也罢，在这千万年间经历不知多少包容和融合，才延续至今，每一次的变革总会让众生以血肉铺路，朕实不忍见此一幕。所以，才主动让你们的阴谋得逞！

"但是从你们盯上我东方的那一刻起，我东方实则也盯上了你们，而这一次，朕还要借你们西方神力重新封神，再铸天书封神榜！"

第九十六回
人族英魂

这世人都说，华夏无双猛将数不胜数，威严震撼寰宇。可无论是在东方神话还是西方神话中，人族似乎一直都是最弱的一方。但你要知道，当年人族也曾和神族平起平坐，那些人族强者也曾让这漫天的神佛都感到过恐惧。

虽然他们早已经被掩埋在了历史的长河中，但当遭遇巨大灾难之时，这些古往今来的华夏英魂必将冲破轮回，重现世间，为人族而战！

此刻，大战之火，烧至九重天。面对异域诸神的围攻，玉皇大帝和地仙之祖镇元子联手，打算将他们全都留在此处，炼化其西方神力！

眼看玉帝全力开启神器幻界大天尊，其中一女神知道，东方神明历史悠久，此一举虽不知其目的，但必将惊天动地。随即，她凝聚法力，试图打断玉帝，扭转战局！

可地仙之祖镇元子怎会如她的意，一招之下，天庭震动，大地之气直冲而上，不断地冲击她的守护屏障。这是一场大地之力的角逐，二人的每一个举动都让三界为之震动。

战场的另一边，五岳大帝死死地将玉帝护在身后，混世牛魔王、二郎神杨戬和唐三藏师徒等人死命硬刚六大巨人，也不曾后退半步！

筹划了一切的神明首领，此时的内心却无比的愤怒，本来全在自己的掌握之中，可谁能想到，事情反而形成了僵持之势。可即便如此，他还是无比庆幸前一秒做出的决定。

只听他朝着镇元子和玉帝喊道："你们还有心思动手，就没发现我两个兄弟不见了吗？再打下去，你们东方的人族可全都要被灭光了！"

此话一出，只见掀起狂澜的海水直冲内陆，各种不知名的海洋怪兽横空出世，光凭部分天兵天将和妖族大军根本就拦不住。

是的，就在这一刻，凡间界的末日终于来了！

天庭之上，镇元子知晓一切后，并未慌乱，而是拂尘一甩，搭在了自己的左臂之上，淡淡笑道："我东方人族的命数尽归天道，不是你们能够决定的！不知道你们有没有了解过我东方的三本奇书？"话音一落，众神眉头紧皱，这老道到底什么意思？

同一时间，在东方大陆的每一个角落，突然就爬出无数个手持长戈的兵马俑战士，眨眼的工夫，全部列阵完毕。天空上，数不清的金色英魂如流星一般降临世间。

没错，这些全都是当初孙悟空于地狱十九层冥塔所释放的人族英魂！

此时尘土弥漫的东方大陆上，可以听到一阵阵声音响了起来："李存孝、霍去病、薛仁贵、卫青听令，白起、王翦、杨素、韩世忠听令，项羽、韩信、李文忠、周亚夫听令，常遇春、傅友德、徐达、姜尚听令……"这种豪迈的声音此起彼伏，层出不穷！

在最前方，华夏千古一帝嬴政，手持一古书淡淡说道："烦请众将士随朕杀敌，护我九州龙脉!”一时间喊杀声四起!

就在西方魔物即将抵达眼前之时，始皇帝更是一声怒喝：“解封山海经!”

第九十七回 山海经

你知道在地书《山海经》里一共封印着多少上古异兽吗？这些传说中的神兽和凶兽，当年竟全被华夏舜帝封印于此书之中，其目的又是什么？

都说东方人族自古有三皇五帝以及人皇护佑，此说法绝非空穴来风！或许这本旷世奇书《山海经》便是舜帝为东方人族留下的最后一道屏障。

当西方神明踏入东方禁地的那一刻起，他们就注定要面对恐惧的洗礼！

此刻，始皇帝携无数华夏猛将再现世间，那飘浮于空中的古书《山海经》更是开启了尘封已久的禁制。

就在对方靠近东方大阵之时，始皇帝突然抬头，一声大喝："给朕杀！"一时间呼声四起，席卷了这一方天地。

西楚霸王项羽手持天龙破城戟一马当先，那不死生物根本就进不得其身。都说霸王力拔山兮气盖世，人族有此战神在，何以没落？

再看十三太保李存孝，一杆马槊是来回地于战场厮杀，犹如杀神一般！

封狼居胥霍去病一柄长剑，寒芒乍现，引数百骑便深入西方大军腹部，直捣黄龙而去。

西方外邦诸神怎么也没有想到，东方人族竟强悍至此，无惧神明！他们最大的疑问便是：当年东方天庭是怎么一统三界，拿下人皇的？

即便如此，他们认为只要有他们巨大的魔兽在，这群人的灭亡是迟早的事儿。

可就在这个时候，地书《山海经》突然爆发了耀眼的光芒，只见上方天空被撕裂了一条裂缝，随后，一人面羊身、虎齿人爪且腋下生目的巨大怪兽走了出来，在《山海经北次二经》以及《左传》中均有记载，此乃上古四大凶兽之一——饕餮！

此兽一出，天生异象！

这饕餮在看到一条长着九个脑袋的蛇后，一声怒吼直扑而去，一口就咬下了其两颗脑袋，鲜血一瞬间如瀑布般洒下。

除了饕餮，下一秒，一巨大的猿猴也出现于战场之上，此猿头白脚红，凶相毕露，这正是上古凶猿朱厌！

眼看着华夏东方异兽是一个一个地出现，这些诸神中的两个主神立刻就把目标锁定在了始皇帝嬴政的身上。此番变数皆因那古书而起，两大主神手持神器联手直刺而去。

要说凡人根本不可能挡下两位主神的合击，但变数一直不停。那始皇帝龙袍上的黑龙竟然睁开了眼，随后那黑龙一飞冲天，直接撞了过去！

此时谁都不曾发现，战场上，天庭星宿天喜神似乎有所异样，五道金光直射其头顶，随后，其身上的封印被完全打开，一只巨大的玄鸟也呼啸而出！

那一身的天道皇气让在场所有东西方神明都安静了下来，他们只有一个疑问：此为何人？

下一秒只见这人浑身冒出熊熊烈火，极为霸道地喊道："孤乃大商朝人皇——商纣王帝辛！"

第九十八回
王的盛宴

你知道大商朝，也就是我人族最后一位人皇帝辛是如何陨落的吗？你真以为他就是个残暴无度、重行厚敛、沉迷酒色的无道昏君吗？

纵观华夏千年，所谓历史评判皆由胜利者执笔。如果非要说纣王做错了什么，那就是他不该为了人族而去挑战神权！

当年大商朝虽一时鼎盛，可也同样遭受鬼方、吉方和东夷等少数民族的侵扰。为此，人皇帝辛毫不犹豫，携大军扫平东夷，一统中原，此一举为我华夏融合大一统之道奠定了基石。

可也就是这一壮举，纣王不尊祖宗之法，任用贤能之人和平民，这无疑捅破了当时的神权统治阶级。要知道，商朝的贵族皆为奴隶主，为了巩固阶级地位，他们将灵魂都出卖给了神族，以神权使者自居。纣王的举措让他们感到了威胁。

就在对方即将平定东夷之际，这群奴隶主竟暗通大周，最终迫使朝歌陷落。当纣王回援时，因兵困马乏，显然无力回天，大量俘虏于战场临时倒戈成为压垮人皇的最后一根稻草！

说来也可笑，人皇为了人族逆天而行，可最终还是被算计，死在了人族手里。

“史料纣王之罪行，我只信两三分!”此类文书比比皆是，绝非巧合!

当东方华夏大地遭遇入侵、人族遭遇大难之际，我们应该坚信，人皇必将再现世间，那传说中的巨大玄鸟，必将振翅翱翔!

可如今天庭大乱，玉皇大帝硬刚各路古神明，显然无暇再顾其他。正是借此良机，三皇伏羲、燧人、神农和五帝尧帝、舜帝、黄帝、少昊、颛顼联手，将帝辛的封印彻底揭开!

人皇一出，即便是神也要臣服！莫说在场的神魔皆是一惊，就是西方魔物和《山海经》所释放的上古异兽们，也都感受到人皇威压，变得无比暴躁不安。

只见人皇帝辛慢慢睁开了眼，扫过众神之后冰冷地说道：“华夏禁地，神魔禁行!”

这话音一落，其身后一只巨大的玄鸟腾空而起，随后与始皇帝的那条黑龙同时发出嘶吼，异兽齐鸣，响彻九万里!

人皇帝辛突然射出一剑，此剑身一面日月星辰，一面山川草木，剑柄更镶有四海一统之策。没错，这正是华夏上古神器轩辕剑!

帝辛一击得手，救下了嬴政，朝着对方淡淡说道：“小子，敢不敢随我弑神?”

始皇帝听完是哈哈大笑：“有何不敢!”

这时候，一个巨大的棋盘显现了出来，将所有西方魔物联军都笼罩其内!

正所谓“鬼谷出，诸侯惧”，纵横剑指十九州，这群西方神明不会想到，这东方大陆将会是他们的埋骨之地。

因为，人族一位真正的魔神即将苏醒!

第九十九回
鬼谷执棋

你知道在华夏春秋战国时期，谁才是让各路诸侯最闻风丧胆的存在吗？

都说诸子百家各正其道，在那个儒家、墨家、名家、法家各领风骚的时代下，却存在着一个虽极其低调，却被后世称为谋圣的千古奇人，他便是王诩，道号鬼谷子！

都说“鬼谷出，则诸侯惧；鬼谷安，则天下息”，这绝不是空穴来风！

纵观鬼谷门下弟子，哪个不让这天下刮起腥风血雨？苏秦掌六国相印，使大秦不敢出兵函谷；张仪通晓纵横，以连横之术使六国入秦；孙膑神谋尽出，助齐国奠定霸业；商鞅于秦国变法，使大秦富甲天下！

此一例比比皆是，这是将天下置于棋局，左右列国存亡的鬼谷一脉！

明代道士白云霁在《道藏目录祥注》中写道：鬼谷先生虽不知何许人，但却受道于老君；五代杜光庭在《灵异记》中也曾说过，鬼谷一脉，古之真仙，自轩辕之代，历于商周，随老君细化流沙，后复还居于鬼谷山。在这些古籍的字里行间，无一不在透露王诩的神秘！

这个拥有通天彻地的智慧，还深谙天道之奥妙的奇人，还著有《鬼谷子》《本经阴符七术》等旷世奇书流传于世！

谁能想到，这多年已过，当鬼谷再现世间之时，该惧的已不是各路诸侯，而是西方诸神！

这些入侵东方的众神怎么也不会想到，他们脚下突然升起一个东方古围棋棋盘，将数不尽的西方神魔大军全被笼罩。

下一秒，杀气弥漫全场。

棋盘之上狂风大作，黄沙漫延，各种山川草木皆化兵甲。只见一老者盘膝而坐在棋盘正中间，低头手执黑白二棋，随后棋盘内大阵不停地变换。一时间还真让西方众神愣在当场，他们怎知道何为奇门遁甲？

而这才仅仅是个开始。

棋盘一纵一横两个边界突然冒出两大灵体，只见其手持古剑，突然一纵一横疯狂席卷战场。围棋之道也可称两仪四象之道，阴阳但凡交融，便可纵横千万里！

一时间，战场剑影重重，寒光四起！那不死不灭裹布层层剥落，当露出本体后瞬间消散，彻底消失。各路西方神明眼看不妙，各自以神力护体，玩命地要冲出棋盘！

始皇帝仰天大喝，九条无形黑龙再度窜出，直接将对方死死缠住；而帝辛看着眼前的敌人，根本就没废话，一剑刺穿其腹部！

同一时间，其中一个妖神在脱离鬼谷棋盘之后，手持神器天丛云剑，于始皇帝嬴政身后就是一剑。眼看他即将得手，可在半空被人一把抓住了脑袋。

震惊之下，抬眼看去，此人长得犹如魔神降世，虽是凡人，可却让自己这个神都产生了恐惧，不敢与其对视！

还未等他反应过来，对方的手用力一握，手持丛云剑之神彻底陨落！

此人不是别人，正是华夏三祖之一兵祖蚩尤，只听其淡淡说道：“外邦的神，有意思。但是，全都得给我去死！”

第一百回
魔神蚩尤

你知道当年在华夏这片土地上，轩辕黄帝和魔神蚩尤之间那一战是有多么惨烈吗？而华夏文明传承至今，你真以为你仅仅只是炎黄子孙吗？

无论是春秋时期左丘明的《国语》一书，还是无比神秘的《周易》书，里面均有提及，华夏大一统的开端，也解开了黄帝与蚩尤大战的真相！

在距今约四千六百多年前，东方人族皆以部落氏族的形式存活于世，战争在所难免。在这其中，蚩尤所在九黎部落可谓战意滔天，因为其部落战士皆以金属为武器，其他氏族手里的石器根本不堪一击。

轩辕黄帝虽与其展开了不下九次大战，但皆以战败告终。可在最后逐鹿一战，却发生了惊天逆转！

轩辕黄帝命应龙出战，欲以蓄水之计，攻陷蚩尤大军。可蚩尤手下人才济济，单是风伯和雨师便将那应龙耗得法力枯竭，节节败退。那一战是狂风大作，大雨滂沱，黄帝部下甚至在大雾之下都迷失了方向！

但是旱魃的出现，逆转了战局！

说起来，这旱魃乃是华夏的第一个所谓的僵尸，其身份实为黄帝之女，名为女魃，因上古神兽吼摆脱了伏羲和女娲的控制，其一缕魂魄占据了女娲身体，便产生了异变，一个给世界带来旱灾的怪物彻底诞生。可也就是她，成为蚩尤战败的关键！

古书《述异记》记载，今冀州现骷髅如铜铁者，乃蚩尤之骨，其尺长二寸，坚不可碎。没错，蚩尤的铜铁大军都被活活晒死，这才饮恨逐鹿。

但九黎部落却不曾消散，而是繁衍至今，融入了华夏大一统历史的篇章，这就是华夏所谓的人文三祖。

就在东方人族英魂与西方众神血战之际，先祖蚩尤终于降世，也就从这一刻起，神的末日彻底降临！

虽说《山海经》各大凶兽频频出现，但如果不迅速解决这场战斗，即便东方大陆承受得住，那结果也只能算是两败俱伤。

眼看人族各英魂仍在浴血奋战，那杀神白起的脚下早已经是尸山血海。魔神蚩尤眼中的杀意直接如实质般漫延开来，其右手一抬，十二根通天大柱于地底缓缓而出，包围了整个战场。

当众神抬眼看去，都倒吸一口冷气：那十二根柱子上分明刻有传说中十二祖巫之像！

没错，这就是最为神秘的九黎图腾大阵！

蚩尤大帝高高跃起，开始不停凝聚魔神之力。人皇帝辛瞬间就明白了蚩尤的用意，遂立刻以三皇五帝之名，引轩辕古剑神力，召唤四方神兽入场压制魔物，助蚩尤一臂之力！

此一幕出现，这些外邦诸神全都反应了过来，对方这是要一击必杀在场所有神，再现诸神黄昏！

其中一神看着蚩尤怒吼：“我知道你是谁，当年你被东方的人族王者打败，彻底陨落，如今为了他的子民，你何必与我们为敌！”

蚩尤大帝听完之后，蔑视地看着脚下这一群所谓神明，冷冷地说道：“你可能误会了，东方人族是炎黄子孙，这个不假，但，他们同样也是我华夏黎民百姓！”

第一百〇一回
十二祖巫

你知道吗，在东方上古时期曾有洪荒四大杀阵存于世间，如诛仙剑阵、周天星斗大阵等，但在这几大杀阵里，杀气最重的当属十二都天神魔大阵！此阵内藏无尽重叠时空，如若由十二祖巫亲自催动，就算你有通天的修为，也要在此形神俱灭！

说起来，当初盘古开辟天地，是一气化三清，以太极图定风水地火，分清浊乾坤。其大部分精血却化作了以帝江、句芒为首的十二祖巫，也叫十二魔神，他们分别掌管这天地的空间、时间、雷电、风火等元素。

当年那一场巫妖大战，虽说妖族东皇太一祭出了混沌钟，又命十大妖圣开启周天星斗大阵和混元河洛大阵来守护天庭。可若不是水神共工和火神祝融于不周山陨落，十二祖巫无法催动神魔大阵的全部实力，这巫族与妖族一战的胜负还真就无法预料。实力最强的祖巫玄冥也不会和东皇太一同归于尽！

但谁能想到，多年之后，这传说中的逆天大阵会于凡间再现，曾为巫族大巫的魔神蚩尤也即将凭此大阵开启西方的诸神黄昏！

此刻，蚩尤大帝于空中俯视着众多西方神明，神与人之间的认知完全被颠覆。在场所有人甚至产生了错觉，究竟谁才是神？

就在这时，天地间煞气横飞，鬼哭神嚎之声不绝于耳，那蚩尤的双眼更是血红得可怕。十二根九里图腾全都亮起了光芒，十二道虚化的身影也显现了出来！

众人看去，这些虚影有六足四翼，赤丹如火者，也有鸟身人面，足乘两龙者，这不正是传说中的十二祖巫吗？

众西方神已经知道大事不妙，各自都掏出神器想要冲破大阵逃脱而去，可奈何这大阵饱含空间之力，他们根本就离不开这方天地！虽说蚩尤召唤的乃是残缺遗阵，并不完整，但对付这些西方神似乎已经绰绰有余！

突然，蚩尤大帝猛地睁眼，大喝一声："给我灭！"话音一落，无尽的杀气席卷大阵每一个角落！

这群西方神明眼看着自己的神体一点一点地消散，直至这一刻，他们怕了，甚至后悔当初的决定！

但一切全都晚了，不消片刻，烟消云散，天地间再度归于平静！

那西方魔物大军和众神彻底陨落东方，若不是其主神们仍在天庭，恐怕此时就已经断了文明与传承！

蚩尤大帝此时慢慢消散而去，众华夏英魂知道，燃烧了全部魂力的他们也即将消散，彻底进入轮回。

在临别之际，西楚霸王项羽大喊了一声："痛快，今日项某有幸与众英雄携手一战，再无遗憾！"话音一落，众英魂皆是双手抱拳，仰天大笑。

不足半炷香的工夫，战场之上只剩下了人皇帝辛一人，久违而熟悉的孤独感扑面而来。其实他知道，自己从未输给过神，而是败给了人心！看着脚下这片东方土地，作为人族最后一位人皇的他知道，如若人心继续沦丧，灾难早晚还会降临！

想到了这里，他用最后的魂力将声音传进了华夏每一个人的耳朵里："君子慎独，不欺暗室，卑以自牧，不欺于心。大丈夫立于天地之间，当仰天地浩然正气，行光明磊落之事。克己，慎独，守心，明性，望好自为之！"

说完之后，帝辛手中轩辕剑突然嗡嗡作响，天地间也如同黑夜。

天庭一战终于到了最后的时刻，因为天上遮云蔽日的正是数也数不尽长着翅膀的异兽！

第一百〇二回
猴王降临

你知道在孙悟空脑袋上的那三根救命毫毛，到底是什么来头吗？难道你真以为那仅仅就是个用以保命的一次性法宝吗？当然不是！

众所周知，这三根毫毛并非凡物，乃是观音菩萨玉净瓶里的柳叶所化。

当初唐僧和孙悟空师徒二人在蛇盘山鹰愁涧路遇小白龙，因为见那猴子打了退堂鼓，观音菩萨才将柳叶化的三根毫毛赐给了他，做了人情！

当然，这毫毛也没负众望。猴子被困狮驼岭，眼看自己即将命丧金翅大鹏鸟的阴阳二气瓶时，就是这毫毛变成钻头、绳索和竹片救了他。

这毫毛里还暗藏巨大的玄机，要知道，如意金箍棒都办不到的事，柳叶变成毫毛却办到了。这说明观音菩萨玉净瓶内的柳枝，恐怕比太上老君所造的定海神针还要珍贵得多！

当初在五庄观镇元子那里，救活人参果树也全拜这柳枝所赐，而并非玉净瓶内之水之功。

当初观音菩萨与太上老君打赌，将柳枝放入八卦炉里烘烤，虽被烧了个不成样子，但遇水之后却成功复活，还生出萌芽。这种饱含生机的宝物就是放眼三界都是少有！

这一点，孙悟空在狮驼岭那一次也自然有所发现，这才有了：好大圣，收了毫毛，将身一小，就边做个蟭蟟虫儿，自孔中钻出。

没错，那三根救命毫毛，并非一次性的法宝，而是一直被猴子收入体内以备不时之需。但谁能想到，这毫毛却也为天庭大战带来了一丝转机。

此刻，人间战场已然彻底结束，众华夏英魂也进入了轮回，以待重返世间，天庭这一战也到了最关键的时刻！

但众西方诸神此时想离开天庭，似乎为之晚矣，因为玉皇大帝的神器幻界大天樽似乎已经准备完毕！

当一阵七彩霞光直冲云霄之后，那幻界大天樽猛地爆发出强大的吸力，在场所有西方诸神全都感受到自己的神力被一点点地抽离！

这时，天庭上突然就冒出了几万只猴子，为首的三只正是灵明石猴、赤尻马猴和六耳猕猴！

但让玉帝感到惊奇的是，这三只猴子竟然不是分身，而是活体。

与此同时，而一个声音响彻天庭："老头儿，听说你在找我？"

第一百〇三回
心劫难逃

所谓九九八十一难，你认为唐三藏他真就全都渡过了吗？

纵观其前世今生，金蝉遭贬、出胎即杀 、满月抛江、寻亲抱冤，这前四难那是何其的凶险！莫说西行一路妖魔鬼怪、魑魅魍魉没能击垮他的信念，就是他在婴儿时期最无能力的时候也能安稳度过！

但是，有一难，他不但没过，甚至还一直逃避至今，此一难正是西梁女儿国留婚！当初师徒几人路遇此处之时，真就很难想象，女儿国国国王的闺房，其凶险胜似狮驼岭。

那一夜的秉烛夜谈，唐三藏眼神飘忽不定，至死不敢看对方的眼睛。因为他知道，他心动了，眼根本藏不住。若不是蝎子精的突然闯入和几个徒弟的出面阻拦，恐怕这世间只会多了一对鸳鸯，少了一尊佛！

原著中唐僧师徒与女王道别时，女王闻言，大惊失色，扯住唐僧道："御弟哥哥，我愿将一国之富，招你为夫，明日高登宝位，即位称君，我愿为君之后，如何却又变了卦？"

注意了，若唐三藏未曾于肯定，这变卦二字从何而来？

这时候唐三藏始终不语，倒是猪八戒发了疯，嚷嚷道："我们和尚家和你这粉骷髅做甚夫妻！放我师父走路！”

眼见这猪头大耳和凶神恶煞的沙悟净，女王一时间也是被吓得魂飞魄散。反观唐三藏是一言不发，策马而去。

这一幕并非拒绝，而是逃避，但一切也终有答案！少这一难的唐三藏或许成不了灵山的佛，但至少也要做他自己心中的佛！

此刻天庭各方势力齐聚，皆为气运而来。此时，又有众多羽翼异兽出现。虽说外邦诸神也是各怀鬼胎，可东方气运易主，似乎已成定局，但孙悟空的出现再次打乱了战局！

只见六耳猕猴、赤尻马猴和灵明石猴携几万只猴子从天而降，直接冲向了羽翼异兽大军。六耳猕猴突然一笑，拿出随心铁杆兵用力一挥，竟出现千道棒影，灵明石猴和赤尻马猴紧随其后。

为首一异兽突然张开自己巨大的羽翼，发出了无比耀眼的圣光，试图一举消灭眼前大量的猴子分身！

但让人惊奇的一幕发生了，这群分身竟然不停地自愈，而且还各自不停地使用变化之术，片刻间的工夫，直接冲散了羽翼异兽大军。

这到底怎么回事儿呢？原来此刻，无论六耳也好灵明石猴也罢，皆为活体，是孙悟空以三根救命毫毛全部生命力为代价复活了他们，而且这三猴竟然可以共通感官，法力也不可同日而语。

另一边，孙悟空手提棒子冲各路西方诸神，这猴子动作干净利落，根本不恋战，那如意金箍棒不停地闪现。整整几十个主神愣是拿他不下。毕竟抢夺气运之事对他们而言已无可能，想逃又被这猴子拦住，心里是烦躁到了极点！

突然，其中一位主神一怒之下，竟然直接将他的武器——永生之枪射了出去，但目标不是孙悟空，而是唐三藏和猪八戒等人。

猴子暗道一声“不妙”，这一击若中，师父和八戒必死，因为这支枪神力太过磅礴！

在永生之枪即将抵达唐三藏心脏之时，其身上的衣服被完全被冲碎。可谁都不曾发现，唐三藏的胸前不知何时多出了一朵花的图案。原来当初女儿国国王被猪八戒的鏖战之法吸入，并没有完全消散，其仅剩的一点魂力化作了花朵吸附在唐三藏的胸前，只为能陪在对方身边！

眼看神枪将至，唐三藏虽不能动，但神识却进入了一个虚幻的空间。在那里，他看到了女儿国国王，双方均不言语。唐三藏也想起了往事种种，虽有千言万语，可终究还是选择了沉默。

但女儿国国王没有怪他，只是温柔地朝着他笑着，下一秒，她飞了起来，以自己最后的灵体挡在了唐三藏的身前，撞向了永生之枪！

直至这一幕的出现，唐三藏这个六根清净、九世修为的和尚，终于还是哭了！随着两行眼泪滑过，他又不停地惨笑，身体也开始由内而外开始碎裂。

自己一路走来，还打算度化芸芸众生，可现如今，他连自己都度化不了，他甚至都不敢面对自己的那颗心！

只见唐僧的身体不停地碎裂重组，直接化作了一尊无比诡异的大佛，九世修为化作了九只翅膀，虽是佛陀金身，却是一颗金蝉的脑袋。

如果九九八十一难需要舍了自己心，那这佛，不做也罢！

第一百〇四回
棋局终现

杀疯了，彻底杀疯了！

混世四猴在天庭力压外邦诸神，就连唐三藏也舍弃自己的修佛之路，化作了无比凶残的佛魔金蝉！

各方神明此刻才明白，一直以来是他们把东方想简单了，即便是上帝也不过也是这盘大棋的棋子而已，而真正的执棋者也即将露出真身！

就在六耳猕猴、赤尻马猴和灵明石猴疯狂截杀羽翼异兽大军时，孙悟空一根棒子搅得整个西方诸神联盟都乱了套。

那唐三藏所化的魔佛金蝉刚一出现，数道黑色佛光同时降下，孙悟空和其他几只猴子，甚至猪八戒、沙悟净和小白龙全都被笼罩其内！

就这一下，本来就已经纷乱的战场突然杀气横飞，金色佛光和妖邪的红光完全交融。齐天大圣红着双眼，一嘴的獠牙都龇了出来，这才是真正的美猴王！

沙悟净露出了似笑非笑的表情，难掩心中杀意；那枯骨白龙身上的死气更是漫延到了整个天际！

在场的羽翼异兽大军已然成了待宰的羔羊！

就在所有西方神愣神的工夫，六耳等猴子可不曾罢手，在佛魔之光的加持下，猴子体内妖力成几何倍数增长。巨棒之下，那一个神都也不敢硬刚。

米迦勒抬手举起大天使之剑，引圣光降临，想要驱散几万只猴子身上的妖邪之光。可灵明石猴根本不给他机会，直接于半空变作了上古凶兽裂海玄龙鲸，巨大的体型遮天蔽日，且鳞甲防御奇高，上方降下的圣光竟一时间全被挡住！

在场所有神明都知道，此一战已没有了任何悬念！

这时候，玉皇大帝猛地抬眼，直接将幻界大天尊引入半空，西方神明的神力被全部抽离。

因为在同一时间，菩提老祖，也就是鸿钧道人，包括太上老君等三清全都猛地睁眼，如临大敌！

从未失手的八尺镜竟然放任了猪八戒的黑影，没有其半点作用！

这时候，一阵令人头皮发麻的笑声响起。多少年了，多少年了，这一刻终于还是来了！

只见对方脚踏十二品灭世黑莲现身，祭出九魔塔立于天庭之上。根本没人知道此人是谁？他到底要干什么？

道家三清此时终于赶到，但太上老君此刻却一言不发，因为他看到，通天教主身后的诛仙四剑不停地震颤，这明显是见到了自己真正的主人！

随着战场此一幕的出现，天道代言人鸿钧老祖的声音终于还是响了起来："真是好久不见了，魔祖罗睺！"

第一百〇五回
诛仙四剑

你知道当年盘古大神为了开天辟地以正自身大道，一共杀了多少个魔神吗？你真以为唐三藏师徒几人就是西游世界的主角吗？当然不是，他们也不过是这世间的沧海一粟，一个被选中的见证者而已！

那些由大道孕育而生，掌握世间所有法则的三千魔神，才是这片宇宙的大道之本！

当年为了阻止盘古开天正道，三千魔神无一例外，全都被卷入到那场生死大战之中。虽然最后死的死，亡的亡，但大道不灭，便就有重生的可能！

此时，菩提老祖和道家三清全部现身，在他们身后甚至还看到了东华帝君、太乙救苦天尊等。当面对西方诸神的围剿时，这群大神都不曾露面，可一个魔祖罗睺，却引得众神齐聚，这足以说明了对方的强大和可怕！

在场所有人，除了菩提老祖，其他人恐怕根本没有与之一战的实力。单是魔祖脚下十二品灭世黑莲带来的压迫力，就足以让所有人心惊胆战！

那通天教主引以为傲的诛仙四剑直接飞到了魔祖罗睺的身

前。这诛仙四剑分别为诛仙剑、戮仙剑、陷仙剑和绝仙剑，本就为魔祖所有，是鸿钧老祖在对方逃亡之际所得，并连同诛仙阵图一并传给了通天教主。

由诛仙四剑所催发的诛仙阵可谓玄妙诡变，杀机四现，通天教主也不由感叹："诛仙利、戮仙亡、陷仙四处起红光，绝仙变化无穷妙，大罗神仙血染裳！"

可就是这天地间最强的杀器，此刻在魔祖罗睺的手里却像极了玩物！

菩提老祖手握拂尘，轻捋胡须淡淡说道："魔祖，时至今日，你终于现身了，看来当年的开天大劫，你是真不甘心啊！我没猜错的话，龙汉之劫、巫妖大劫，也包括人皇劫和封神劫，这背后都有你的手笔吧？现在出现，你意欲何为？"

魔祖罗睺听罢，看了看手中抢过的大天尊和圣杯两件神器笑道："鸿钧，我要干什么，别人不知道，你肯定清楚，何必多问呢？盘古创造的世界全是尔虞我诈，神性也好，人性也罢，是真的令人恶心！等了这么多年，今天我就让三千魔神全部复活，咱们再来赌一把，看看谁的道才是大道！"

话音一落，他看了一眼依然呆若木鸡的西方诸神，露出了玩味的笑容："你们已经没有利用的价值了！"下一秒，随手一挥，诛仙四剑齐出，诛仙阵瞬间压下，只在刹那间，群神皆灭。

说来也可笑，魔祖罗睺做这一切不过就是为了伸伸筋骨而已，而这还没结束。魔祖眼神瞬间犀利，拿出神器九魔塔直接将大天尊和圣杯吸入，这明显是为了将东方和西方的气运进行融合！

这一刻，菩提老祖是再也坐不住了，直接用手中的伴生灵宝正气拂尘就抽了过去。那魔祖罗睺也有准备，以弑神枪予以对撞。就这一下，天地崩塌，空间碎裂，三界上下，全部都要化为碎片！

道家三清和玉帝等大神立刻使出神力，想要阻止空间恶化，但似乎根本拦不住！

这时候，菩提老祖的声音传进了孙悟空的耳朵里："徒儿，为师今日只有拼死一战，但能护住这三界的只能是你。今日，为师现在要将五行五方大阵传与你，你且记下。"

而在同一时间，小雷音寺内的通臂猿猴缓缓抬眼，自嘲地说道："这宿命，还真是避无可避！"

第一百〇六回
五猴齐聚

你知道吗？孙悟空的真实身份其实根本就不是灵明石猴，即便他不入混世四猴之列，却又是这四大灵猴之本，这五只猴子缺一不可！

常言道：灵根育孕源流出，心性修持大道生。其意思就是这灵根乃是万物之本，也是大道的核心，只有不断地磨砺心性，方可衍生万物。这和“混沌分阴阳，阴阳化五行，五行生万物”其实是一个道理。

但你也许还不知道，四大灵猴加上孙悟空，这五只猴子实则就是应天地五行而生。孙悟空属火，六耳猕猴属木，赤尻马猴属水，灵明石猴属土，而通臂猿猴属金。当他们各自经历磨难，脱胎换骨之后，便可跨越五行之本，返璞归真，重现真身。

此刻，菩提老祖和魔祖罗睺的惊天一战，仅仅一个回合就将这天地都彻底轰碎，这上古三千魔神的力量之大根本就无法描述。别说是玉皇大帝和镇元子，就是三清之列也不敢贸然出手，毕竟悬殊太大。

魔祖罗睺随手布下的诛仙阵消灭了所有西方诸神之后，还并未消散，就是大罗金仙也不敢靠前。他们能做的就是凝聚全部法力，阻止天地碎裂！

孙悟空在被菩提老祖传授五方五行大阵后，也丝毫不敢怠慢，于心中默念法诀，全力催动大阵。

不消片刻，在这天庭之上和凡间地面同时于东、西、南、北、中五个方位显现出了阵眼，金木水火土五种元素之力瞬间连接天地，如彩虹一般，美得如同梦幻！

齐天大圣猛地睁眼，原地使出了法天相地。说起来，法天相地本就没有极限。只见其脚踩地、头顶天，就站在了最中间的火形阵眼！

六耳猕猴、赤尻马猴和灵明石猴在被复活之后，已经和孙悟空心意相通，三只猴子也没犹豫，也使出了法天相地，各占其位，金木水火土已占其四。

当神光散开之后，这天地果然减缓了碎裂的速度，可即便如此，仍无法彻底阻止这一切！

就在这时候，一只巨猿从天而降，朝着孙悟空淡淡说道："咱们又见面了，你且大胆催动法阵即可！"

没错，来得正是通臂猿猴，当他身入金行阵眼之后，无色圣光凝聚，天地不但停止碎裂，甚至以肉眼可见的速度开始合并。但危机还远没有结束。

因为孙悟空做完这一切后才看到，不知何时，在他头顶上显现出了将近三千个若隐若现的身影。

原来，就在魔祖罗睺接下菩提老祖一击之后，立刻化出一尊魔影缠住对方，而他自己则用弑神枪划过双手，那魔血顺着手臂直接落在了九魔塔之上。当一阵红光闪过后，不计其数的黑影由塔内呼啸而出，没错，上古三千魔神借助融合的天地气运即将复活！

只见魔祖罗睺无比疯狂地笑道：“各位老朋友，当年我没有输，你们也没输，都现身吧，咱们和盘古再战一次！”

菩提老祖心中大惊，一拂尘抽退了魔影。作为天道代言人的他，立刻念出法诀，欲以天道之力摧毁九魔塔。

只见上空轰轰作响，九九八十一道神光轰下，可也就是这一动静，让太上老君等道家三清猛地感受到一股强大的吸力。

没错，就在九幽之下，一个沉睡的巨人，即将苏醒！

第一百〇七回 一叶菩提

你知道斜月三星洞菩提老祖的真实实力究竟有多强吗？在儒释道三家于一体大成之后，其看到的天道真相是什么？

世人都说“一花一世界，一叶一菩提”，从这短短十个字中便可看出，其境界已经接近了天道本质。

菩提老祖之所以为天道代言人，这绝非巧合。或许与上古混沌三千魔神相比，他的战力称不上第一，可在境界上，即便是盘古也当仁不让！

也正因为他看到了一切，所以，也只有他知道孙悟空的真实身份到底是谁。他在孙悟空破石而出之前，就为其准备了花果山水帘洞，还在方寸山等着那猴子前来拜师。

细想之下，菩提老祖或许早已推演出“上古三千魔神复活，再争大道”的一幕，而孙悟空便是他留给这三界的最后一个希望！

此刻，在九重天之上所发生的一幕甚至超过了神的认知！

魔祖罗睺以一己之力强行融合东西方气运，那些早已消失不知多少年的混沌三千魔神，一瞬间全都活了过来！

眼看着一个个老熟人都现了身，即便是心性通天的菩提老祖也流下了一滴冷汗！

手握时间轮盘、掌控时间法则的时辰道人，佩戴混沌珠、掌握混沌法则的混沌老祖，手持灵木宝杖、掌握生命法则的灵木道人，还有带着毁灭之剑、伴生毁灭法则的崩天道人等等，这些传说中的大神，无论哪一个，都是应天道而生，这也绝不是菩提老祖能够阻止的！

这些再加上彻底疯狂的魔祖罗睺，但凡出一手，和盘古当年开天辟地又有什么区别？

当众多魔神全部现身后，天上无比安静。这些大神彼此也有恩怨，突然出现在此处，也有些许疑惑，都各自对望，试图看出端倪。

就在这时候，一股磅礴且肃杀的气息席卷了三界每一个角落，这股气息三千魔神无一人不识，甚至可以说是熟悉到了骨子里！

没错，就是盘古，他苏醒了！

原来，刚才菩提老祖为了摧毁九魔塔，引九九八十一道神罚降下，这股天道之力还是惊醒了九幽之下沉睡的盘古大神！

当这个开天辟地的巨人睁眼的一瞬间，道家三清全都受到了感召，一股本源的吸力凭空出现。

要知道，当年盘古大神一气化三清，十二滴精血化作了十二祖巫，他们全都为盘古的一部分。太上老君、元始天尊和通天教主同一时间原地而坐，以神力定住了心神！

那三千魔神在感应到盘古之后，瞬间如临大敌，即便他们之间也有私怨，可面对盘古，他们的目标是惊人的一致！

随着大地崩塌，天地碎裂，盘古于九幽之下缓缓站起，那高不可形容的巨人之体，在站直之后，竟然平视着九重天！

所有人都能看出来，此时的盘古大神并没有意识，只是依靠本能行动。没错，其元神早已化作山川大海，一气未归，精血不在，现在的他仅仅是个躯壳！

说时迟那时快，魔祖罗睺一声大喝：“诸位魔神，此时不动手，更待何时！”说罢，就提枪冲了上去！

眼看众多魔神掏出伴生神器，即将出手。菩提老祖知道，若所有魔神出手，这个世界定将毁灭！

在这最后的一刻，他做出了自己的决定，燃尽自己全部修为，化作了一片树叶。随后，将三千魔神和盘古大神全都包容了进去。

正所谓“一花一世界，一木一浮生，一草一天堂，一叶一如来”，或许只有天道能容得下他们之间的战斗，或许这片树叶实则就是天道真相。

随着这一幕的出现，这场混沌正道之战一触即发！

第一百〇八回 盘古开天

当年盘古大神开天辟地以正自身大道，凭借一柄盘古斧斩尽三千魔神。可你知道，这柄来自混沌的上古神器，在盘古沉睡后坐落于何处吗？

那一场三千大道之争，看似最终以三千魔神死走逃亡伤为结局，可是天道尚有轮回一说，世间万物皆逃不开重演的规律。沧海桑田，物是人非，也不过是轮回之中的一个过程。

开天辟地也终将再次上演！

就在此刻，盘古复活，魔神崛起，菩提老祖以身化叶，将他们之间的大战带离了三界之外。谁能想得到，包括道家三清在内的满天神佛皆成了看客。唯孙悟空和混世四猴不停地修复碎裂的天地。

在菩提叶之内，神魂不全的盘古巨神两眼虽无神，却难掩无尽的杀意，三千魔神各执三千大道，彼此之间你死我活的敌意恐怕早已经深入骨髓！

魔祖罗睺知道，现在的盘古远不及巅峰时期，若此时不将他彻底斩杀，恐怕再无此良机。

这个疯狂万魔之祖，直接强行吸收十二品莲台之力，用以提升混沌大道修为，弑神枪化通天魔刃，四把诛仙剑不停环绕其两侧，直射而去！

而其他魔神也全部展开自身法则之力，各种混沌神器奇出，企图一击击杀盘古！

出于本能，盘古大神所掌控的力之法则自动运转起来，随着一声巨响，那盘古虽仍站在原地，可身上却千疮百孔，已然是遭到了重创！

这一击神力过剩，即便是菩提叶也无法完全包容，现出一丝裂痕！

外面的道家三清知道，三千魔神的战争，单凭菩提老祖所化的三千世界根本就拦不住！

这时候，太上老君淡淡说道：“两位师弟，天道既如此，我等也要有所觉悟，回归本体虽结果未知，但三千魔神若不解决，怕这三界是真的要消失了！”

元始天尊和通天教主听后，皆闭上双眼，微微点头。下一秒，道家三清直入菩提叶，飞入盘古体内。没错，当初盘古一气化三清，如今终归来。

同一时间，幽冥地府剧烈震动，本就为盘古精血所化的十二祖巫之一的后土娘娘，带着全部轮回之力也做出了和三清同样的抉择！

直至这一刻，盘古大神虽仍不是巅峰，但实力却已经恢复六成！

菩提叶内，盘古高抬手臂，一声大喝，只此一声，东方大陆西北部的不周山就开始疯狂摇动，拔地而起。不错，这通天神柱不周山，正是有盘古斧所化！

当神斧归其位后，面对三千魔神，盘古毫不犹豫，直接就冲了上去。

这一战打了不知多少时日，可外界也不过半炷香的工夫。随着菩提叶的彻底崩溃，只见盘古大神独自走了出来，而从盘古斧刃留下的鲜血，也说明了三千魔神的结局！

但你以为危机就彻底解除了吗？就在盘古出现的下一秒，这个巨人竟然又一次抬起了巨斧。谁能想到，其元神归位，但仍凭本能行事。

看着这一幕，玉皇大帝猛地惊醒，随后自嘲地笑道："看来什么都没有变，朕的一千七百五十一次大劫根本就不是心魔之劫，三界还是重归混沌，一切都晚啦！"

这话音刚落，通臂猿猴的声音响了起来："不，还不晚！"

只见其于五行阵眼中，直接开启了最原始的法天相地，混沌魔猿的躯体再现世间！

可也就是这一幕的出现，沫游记终于迎来的最终行程，而这一切真相也即将浮出水面！

第一百〇九回 最终结局

此刻，终局一战也到了最后的时刻，当盘古斧高高举起的时候，在场的人都知道，这个世界又一次即将重启。

玉帝感慨：多少年来，自己苦苦支撑着神权，布局佛道之争多年，虽有少许神魔勾结，致使凡间受难，可自己也不断地福泽三界众生，不曾让这微弱的平衡被打破。现在想来，这一切还真如梦幻影，似乎一点意义都没有。

然而，玉帝此刻却忘了，菩提老祖以身化叶之前，还留给了三界最后一个希望，那便是孙悟空。

眼看盘古大神巨斧劈下，通臂猿猴直接现出了上古混沌魔猿的魔神躯。也就在同一时间，六耳猕猴、赤尻马猴和灵明石猴各自踩着脚下的五行阵眼，窜入对方体内。

也就是到了这一刻，孙悟空终于开始感应到了自己生命的源头，他下意识地顺着五行之力飞进了魔猿体内。

这五只猴子应五行相生相克之理，心属火，肝属木，脾属土，肾属水，肺属金，混世四猴各归其位，孙悟空便是魔猿之心。

此时的天庭异常安静，当石心开始燃起斗战之火时，每一下心跳声似乎都带给了所有人希望。

这时候，混沌魔猿彻底复活，战之法席卷三界。随着魔猿的一声怒吼，扭曲的空间内，一根通体墨黑的混沌之柱凭空出现。下一秒，那魔猿提着棒子朝着盘古就迎了上去，两者相撞的瞬间，所有人眼前都只剩下了一片白色，也没人敢想即将会发生什么。

那唐三藏更感觉自己魂离体外，眼前的一切都开始变得渺小，自己也离这个三界越来越远。

然而，他还不知道，天道真相实则就在其眼前。

随着一幕幕不停地缩小，他突然开始悟到：众生也好，神明也罢，包括三千魔神在内，也不过如同一个生命体内的细胞罢了，这宇宙虽大到没有边际，却也大不出那个未知生命的体外。或许这就是菩提老祖所说的“一花一世界，一叶一菩提”吧。

然而就在这时，又一阵白光亮起，唐三藏再度睁开眼睛，却已经呆傻在了原地。他看到，自己的几个徒弟此刻就站在自己眼前，而他们此刻身处灵山。

不错，从一开始所发生的一切，不过就是他们抵达灵山，褪去凡胎，登临佛界的一瞬间，现在的他们才算是真正成了佛。第二次的西行赎罪之旅，和投胎一样，全被挡在了空门外。

就这样，师徒五人全都呆呆傻傻地被带了如来佛祖面前，猪八戒被封了净坛使者，做了清道夫；小白龙被封八部天龙，镶在了柱子上；沙悟净成了罗汉，无缘上流；孙悟空也成了斗战胜佛，做了灵山打手；唐三藏如同行尸走肉般，带着空无一字的所谓经书飞回大唐。

在路上，他流下眼泪，他哭了，因为他看到，女儿国仍然歌舞升平；黄袍怪借着神权，仍在为非作歹；白骨岭的冤魂越来越多；狮驼岭依旧尸山血海。是啊，自己就像做了一场梦！

这三界其实什么都没有变过，天庭也好，灵山也罢，他们要的从来都不是正义和公平，而是三界平衡罢了！

几百年后，人皇再次降世，人族英魂数不胜数，芸芸众生吃上了饱饭，享受到了幸福！

你也好，我也罢，不仅仅是历史的见证者，同样也是未来的缔造者，这未来也注定将由我们每一个人来书写！